Catalogage avant publication de la Bibliothèque
nationale du Canada

Rondeau, Sophie 1977-
  Le serment d'Ysabeau
  (Jeune plume)
  Comprend des réf. bibliogr.
  Pour les jeunes de 12 ans et plus.
  ISBN : 2-922976-03-3
1. Titre. II. Collection : Jeune plume (Rosemère, Québec)
PS8635.O52S47 2004 jC843'.6 C2004-940384-2
PS9635.O52S47 2004

Direction de l'édition : Claudie Bugnon
Révision linguistique : Bernard Brun
Couverture et mise en pages : Christine Mather
Camée de la couverture : Isabelle Langevin
Correction d'épreuves : Isabelle Harrison, Antoine Joie

Joey Cornu Éditeur inc.
277, boulevard Labelle, C-200
Rosemère (Québec) J7A 2H3
Tél. : (450) 621-2265 • Téléc. : (450) 965-6689
Courriel : joeycornu@qc.aira.com
Site Web : www.joeycornuediteur.com

© 2004, Joey Cornu Éditeur inc.

Dépôt légal, 2004 :
Bibliothèque nationale du Québec
Bibliothèque nationale du Canada

Sophie Rondeau

Le serment d'Ysabeau

UNE HISTOIRE MÉDIÉVALE

JOEY CORNU
ÉDITEUR

Joey Cornu remercie le partenaire
qui contribue à la diffusion de l'œuvre
d'une jeune auteure:

L'Échoppe du Dragon Rouge

Nul doute, l'ère médiévale a la cote. Beaucoup
de gens, jeunes et moins jeunes, s'amusent
à recréer, dans les costumes, la musique, les
mets et les combats, cette époque où la vie
était pourtant rude.

L'Échoppe du Dragon Rouge possède deux
boutiques de produits et de mode inspirés
du Moyen Âge, deux restaurants aux thèmes
historiques (L'auberge du Dragon Rouge
et le Cabaret du Roy) ainsi qu'un service
de traiteur et d'animation historique
(Les Productions Oyez-Oyez).

Jouer au Moyen Âge? L'Internet regorge
d'information, de visites virtuelles et de
suggestions d'activités.

On peut se renseigner sur L'Échoppe du
Dragon Rouge et ses partenaires en visitant
le site <www.oyez.ca>.

À mes deux petits
trésors frisés,
Julien et Étienne.

À Sara, qui
sera toujours
ma petite sœur.

À Mathieu,
mon amour.

À la source de cette histoire,
un personnage cruel et bien réel!

Comme Ysabeau, tu es sur le point de rencontrer Louis Le Grand, un personnage inspiré de Sire Jehan Boinebroke, dont on dit qu'il a été le premier capitaliste occidental.

Boinebroke était un important marchand drapier de la ville de Douai, en Flandre, à la fin du XIIIe siècle, et il avait le défaut d'aimer férocement l'argent. À sa mort (vers 1285), les héritiers invitèrent les victimes du marchand à venir se faire rembourser ou indemniser. Les textes de ces réclamations qui ont été conservés prouvent la cruauté et la cupidité de cet homme.

Boinebroke était extrêmement riche. Il achetait la laine à l'état brut, la faisait filer, carder, teindre et tisser dans ses ateliers où il employait nombre de petites gens. La marchandise était ensuite vendue aux foires de Champagne ainsi qu'en Angleterre.

À ceux qui lui empruntaient de l'argent (car il était aussi usurier), il exigeait parfois jusqu'au triple de la dette et devançait souvent la date de remboursement. Un quartier entier de Douai lui appartenait, de même que des terres à l'extérieur de la ville qu'il louait à prix fort à ses employés. Sans préavis ni raison valable, il pouvait hausser le prix des loyers. Faisant fi des lois de l'époque, il rémunérait peu ou pas ses ouvriers. Il lui arrivait même de les payer en nature, avec du tissu. Mais qui peut acheter du pain avec du tissu?

La population était pour ainsi dire prise en otage par Boinebroke, car c'était à lui qu'elle devait demander travail, logement et argent. Les gens de petite condition n'avaient donc aucun pouvoir face à ce tyran.

Bien que Boinebroke ait certainement été marié, puisqu'il a eu des héritiers, le personnage d'Ysabeau est inventé de toutes pièces. Pour écrire ce roman, il a fallu maintes recherches sur le Moyen Âge (la bibliographie peut en témoigner!). Dans son livre *Marchands et banquiers du Moyen Âge*, Jacques Le Goff, une sommité en histoire médiévale, décrit très brièvement des événements relatifs à la vie de Jehan Boinebroke, patricien de Douai. Il n'en fallait pas davantage pour piquer ma curiosité et imaginer le récit de sa vie. Les recherches ont cependant été ardues, car le principal livre sur cet aristocrate urbain date de 1913 et a disparu des bibliothèques universitaires.

Alors voici une histoire qui te révélera comment tu aurais peut-être vécu à l'époque médiévale. Bon voyage dans le temps!

S.R.

Table des chapitres

Chapitre 1
Un exil difficile

La Flandre, à la fin du XIIIᵉ siècle,
par une belle matinée d'été.

La verte campagne. C'est lorsqu'elle est caressée par les chauds rayons du midi et qu'elle ondule, fouettée par le vent, qu'elle est la plus belle.

C'est la remarque que se fit Ysabeau, le matin de son départ. Elle faisait tous les efforts qu'elle pouvait pour retenir ses larmes. La fatigue, l'inconfort de la voiture et les cahots continuels qui lui brisaient le dos ne l'empêchaient pas de penser à la famille laissée derrière.

Cet homme, ce Louis Le Grand qui était maintenant son mari, l'emmenait sans espoir de retour. Ysabeau ne reverrait plus son village, sa maison, ses frères et sa sœur. Elle aurait voulu ne jamais avoir à se marier, surtout avec un étranger de la ville dont elle ne connaissait rien, hormis ce que son père lui avait dit de lui. Et c'était si peu.

Le père d'Ysabeau, Rémy, n'était pas très riche et la dot de sa fille pas bien grosse. «C'est une occasion qui ne se reproduira pas de sitôt! lui avait déclaré le vieil homme. Louis Le Grand est un bourgeois fort respecté et, en outre, il possède beaucoup d'argent. Tu ne manqueras de rien avec lui.»

Elle savait qu'elle devait se compter chanceuse, car n'importe quelle fille aurait voulu unir sa destinée à un homme aussi riche et puissant que Louis Le Grand. À la place, ses amies du village épouseraient un paysan ou, au mieux, un petit artisan. Elles resteraient à jamais dans ce patelin et ne connaîtraient rien du monde extérieur. Malgré tout, Ysabeau regrettait amèrement cette alliance.

Et dire qu'à peine un an plus tôt, elle pensait épouser Benoît, le fils du vigneron.

Elle l'avait remarqué la première fois à l'église, alors qu'il la dévisageait, et son cœur avait fait deux tours. Ysabeau se souvenait encore de la couleur des yeux du jeune homme ce jour-là: gris, comme les jours de pluie.

Ces yeux avaient troublé Ysabeau, car personne ne l'avait encore regardée ainsi. Au début, lorsque Benoît la fixait, son cœur de pucelle s'embrasait. On aurait dit que les yeux du jeune homme parlaient, lui disaient qu'elle était belle et désirable. Le regard insistant faisait naître en elle des sentiments alors insoupçonnés, mais délicieusement agréables.

Benoît n'était pas indifférent non plus à la petite Ysabeau. Le premier mai, comme la plupart des garçons de son âge, il avait déposé une branche fleurie à la porte d'une jeune fille et, bien sûr, l'élue avait été Ysabeau. C'est un rameau de pommier odorant que l'adolescente avait trouvé au petit matin.

Benoît l'avait courtisée durant près d'un an, mais leur idylle s'était terminée de manière tragique, pendant le carême.

La grippe l'avait emporté, lui dont elle connaissait la santé fragile. D'ailleurs, la température avait été glaciale cette année-là, et l'hiver avait fait de nombreuses victimes, surtout des enfants et des vieillards. Benoît avait joué de malchance.

Ysabeau avait eu beaucoup de difficulté à accepter la mort de Benoît. Elle éprouvait de la hâte à l'idée de fonder sa propre famille, d'élever ses enfants. Benoît représentait tout ce qu'elle désirait chez un homme: un être doux et travailleur, attaché à la campagne et aux valeurs familiales. Comme elle aurait pu être heureuse avec lui!

Peu à peu, son chagrin s'était estompé. Les souvenirs de son ancien amoureux étaient devenus plus flous. Elle avait oublié le timbre de sa voix et son odeur, mais n'avait jamais plus été la même; ses yeux à elle aussi étaient devenus à la fois un peu plus gris et un peu plus tristes.

Aujourd'hui, sur cette route cahoteuse qui l'éloignait de sa maison natale, ses yeux étaient gris comme la pierre. Quelques jours auparavant, elle avait rencontré Louis Le Grand, et son monde, prévisible comme les semailles et les moissons, avait de nouveau basculé.

Bien qu'Ysabeau l'ait côtoyé depuis plusieurs jours, ils n'avaient échangé que de rares mots et elle savait très peu de choses sur lui. Son père lui avait dit que c'était un homme très puissant, assuré de toujours obtenir ce qu'il voulait.

Sire Le Grand et lui s'étaient rencontrés des années auparavant, lorsqu'ils étaient tous deux marchands itinérants. Ils se déplaçaient de ville en ville, au rythme des marchés et des foires. Un soir, apparemment, Louis avait embroché un brigand qui était sur le point d'occire le père d'Ysabeau. Celui-ci lui devait la vie et sa fille payait sa dette, en quelque sorte.

Les deux hommes ne s'étaient pas revus depuis plus de vingt ans. Le vieux Rémy avait changé de vocation, préférant les champs aux routes tumultueuses et aux foires animées. Il s'était marié avec une très belle femme, qui lui avait donné quatre enfants, mais qui était morte en accouchant du cinquième. La petite famille vivait bien, mais pas très richement.

De son côté, Louis Le Grand avait fait fructifier la fortune familiale et possédait plus de la moitié des commerces et établissements de la grande ville de Cambron. Des centaines, sinon des milliers de personnes travaillaient pour lui; c'est ce que le père d'Ysabeau lui avait raconté. Disait-il cela seulement pour la rassurer ou était-ce bien la vérité? Ysabeau n'était sûre de rien.

Le marchand revenait d'un voyage d'affaires lorsqu'il était tombé par hasard sur son débiteur. Par courtoisie, le père d'Ysabeau lui avait offert de partager le repas familial. La jeune fille raccommodait les braies de ses frères lorsque son père et Louis étaient arrivés. C'était une journée torride, et Ysabeau avait déboutonné son corsage un peu plus qu'à l'accoutumée pour sentir la brise sur sa peau moite.

Dès le moment où le voyageur avait vu Ysabeau, il n'avait pu détacher son regard de ses courbes voluptueuses et de son visage angélique. Sa peau blanche et diaphane mettait en valeur sa fraîcheur. L'adolescente n'avait pas aimé ce regard, elle s'était sentie comme une pièce de viande exposée au marché.

Le soir même, Louis demandait la main d'Ysabeau à son père. Le vieux Rémy avait accepté immédiatement la requête du marchand, car il voulait le meilleur pour sa progéniture et savait bien qu'il ne trouverait jamais un aussi beau parti pour sa fille aînée, ni pour lui d'ailleurs! Il était toujours bon de compter un homme riche et puissant dans la famille, au cas où l'on en aurait besoin. Si les récoltes étaient médiocres, il pourrait toujours faire appel à son gendre pour l'aider, et lorsque ses fils seraient plus âgés, Louis Le Grand leur ouvrirait certainement des portes; après tout, il devait avoir de nombreuses connaissances.

Louis, qui était parti très tard de chez son vieil ami, avait dormi à l'auberge du village et Ysabeau n'avait été informée de l'entente que le lendemain. Toute la famille était à table, sauf elle qui achevait de préparer le repas, lorsque Rémy prit la parole.

C'était un homme ordinairement loquace, mais il perdait parfois ses moyens devant sa propre fille qui n'était plus une enfant. Peut-être parce qu'elle ressemblait tant à sa pauvre femme, la belle Mathilde. Peut-être aussi parce qu'il la trouvait forte, malgré les épreuves infligées par la vie. Alors, dans des moments comme celui-ci, il devenait maladroit et bourru.

— Ysabeau, j'ai pris une décision fort importante pour ton avenir.

— Ah oui? fit simplement la jeune fille prise au dépourvu.

— Louis Le Grand m'a demandé ta main et j'ai accepté. Tu l'épouseras d'ici quelques jours. En attendant la noce, il demeurera à l'auberge du village.

— Mais...

— Il n'y a pas de mais, ma fille, tout est déjà décidé.

Le visage d'Ysabeau accusait le choc. Cette décision était impromptue, si soudaine et terrifiante aussi. La jeune fille avait toujours été obéissante et respectueuse envers son père; elle ne pouvait refuser, même si ce mariage était bien la dernière chose qu'elle eut souhaitée.

— Je ferai selon vos désirs, père, lui avait-elle dit d'une voix tremblante.

Que pouvait-elle répondre d'autre?

Machinalement, elle mit le repas sur la table et s'assit avec sa famille. Ses frères et sa sœur, turbulents d'habitude, n'osaient parler. Ils n'étaient pas certains de saisir ce qui se passait, mais ils comprenaient la gravité du moment. Si cela n'avait pas été le cas, le visage de leur aînée n'aurait pas perdu subitement toutes ses couleurs.

Le vieux Rémy était conscient que sa fille ne voulait pas épouser le marchand, mais il ne céda pas devant son air de chien battu. Le fait de manger le ragaillardit et il devint plus bavard. Il lui prédit une belle vie en compagnie de Louis, une vie de luxe et d'abondance à l'abri du besoin.

Toute la journée, Ysabeau peina pour accomplir ses tâches habituelles. Sa tête était devenue lourde, endolorie. Depuis cette terrible nouvelle, ses pensées diffuses et floues l'empêchaient de fonctionner normalement. Elle n'avait qu'une envie: se retrouver enfin seule et pleurer tout son soûl. Elle avait l'impression de vivre un terrible cauchemar qui n'en finissait plus.

Ce soir-là, lorsqu'Ysabeau alla se coucher, sa jeune sœur était assise en tailleur sur leur lit et l'attendait. Elle eut comme premier réflexe de chasser sa cadette du bras, puis se ravisa; après tout, sa petite sœur devait se sentir aussi terrorisée qu'elle.

— Catherine, mais que fais-tu là? lui demanda-t-elle très doucement. Tu devrais dormir depuis longtemps déjà. Il est très tard. Allez... viens ici, petite coquine!

La fillette de six ans vint se blottir dans les bras de son aînée. De grosses larmes roulaient le long de ses joues. Ysabeau les essuya du revers de la main.

— Tu vas nous quitter, comme maman!

— Mais non, Catherine. Maman est au ciel, auprès de Dieu et de ses anges. Moi, je vais seulement me marier.

— Je ne veux pas que tu partes! Je veux que tu restes ici, avec nous!

Ysabeau ravala un sanglot. Comme elle comprenait sa sœur; la petite avait l'impression de perdre sa mère une seconde fois. Étant la plus vieille, Ysabeau avait en quelque sorte remplacé la figure maternelle dans la maison. Elle s'occupait des tâches quotidiennes telles que les repas et le ménage, et elle prenait soin de ses frères et de sa sœur comme s'il s'agissait de ses propres enfants. Elle les réprimandait, les consolait, les soignait et les aimait autant qu'une mère pouvait le faire. Ysabeau avait tout juste seize ans, mais c'était une femme depuis des années. C'est la vie qui en avait décidé ainsi.

Ysabeau aurait voulu dire à Catherine que tout cela n'était qu'un mauvais rêve, qu'au petit matin, tout redeviendrait comme avant. C'est ce qu'Ysabeau désirait par-dessus tout, mais c'était en vain, car la réalité la rattraperait inévitablement.

— Ma belle, je n'ai pas le choix. Une femme doit suivre son mari, même s'il l'emmène au bout du monde. Mais je ne t'oublierai pas, je n'oublierai aucun de vous. Et il n'est pas impossible que nous nous revoyions un jour, on ne sait jamais ce que l'avenir nous réserve! Quand tu seras une femme à ton tour, tu comprendras.

— Moi aussi, je devrai quitter ma famille quand je serai grande comme toi?

— Peut-être, Catherine, peut-être. Mais n'y pense pas. Rien ne sert de t'inquiéter, tu es encore si petite.

Elle coucha sa jeune sœur et la borda sous les lourds draps de chanvre. Étendue aux côtés de Catherine, elle lui caressa les cheveux tout en fredonnant doucement à son oreille, jusqu'à ce que la petite s'endorme. «Comme c'est vrai, songea Ysabeau en se déshabillant, on ne sait jamais ce que le temps à venir nous réserve.»

Peut-être avait-elle encore une chance? C'était insensé! Elle ne pouvait épouser cet homme, quitter tous ceux qu'elle connaissait ainsi que le village qui l'avait vue naître! Son père reviendrait sûrement à la raison si elle lui parlait. Et pourquoi donc avait-elle accepté si promptement? L'émotion, sans doute.

Prenant son courage à deux mains, elle quitta son lit, se rhabilla à la hâte en prenant soin de ne pas réveiller sa sœur, et alla retrouver son père, assis à table, qui s'affairait à quelque besogne.

— Père, puis-je vous parler? J'ai quelque chose de très important à vous dire.

— Qu'y a-t-il, ma fille? Parle, je t'écoute.

Ysabeau tremblotait un peu, et ses mains la trahissaient, mais elle devait faire fi de sa timidité et exprimer le fond de ses sentiments. Jamais encore elle n'avait osé parler à son père de la manière dont elle s'apprêtait à le faire. Son attitude frisait l'impertinence, elle en était consciente, mais elle n'avait pas le choix : c'était maintenant ou jamais. Il était peut-être encore temps de changer les choses.

— Père, je vous respecte et ne remettrai jamais en doute votre jugement...

— Je l'espère bien! coupa le vieux Rémy de sa voix rauque.

Ysabeau déglutit. Il ne fallait pas qu'elle perde courage. Quelques mots encore voulaient sortir de sa bouche et elle devait les lui dire, coûte que coûte.

— Je ne peux épouser cet homme. Il me donne la chair de poule. Il est beaucoup trop âgé et demeure si loin. Je ne vous verrai plus, et vous savez combien...

— Je lui ai donné ta main et je ne reviendrai pas sur ma parole. La noce aura lieu et rien de ce que tu pourrais me dire ne me fera changer d'avis. Je suis ton père, ne l'oublie pas, dit-il, avec toute l'autorité dont il était capable.

Pour la première fois de sa vie, la douce

et timide Ysabeau défia son père.

— Je vous en supplie! Je pourrais me faire moniale et renoncer au monde, je prierai Dieu tous les jours de ma vie. Ou mariez-moi à Jean le fou! Je préfère encore un fou qui habite au village plutôt qu'un marchand que je ne connais pas et qui vit à des heures de route d'ici. Faites ce que vous voulez de moi, mais ne m'obligez pas à marier cet homme!

La tension, palpable, emplissait toute la pièce; la vie d'Ysabeau se jouait à cet instant. Un mince espoir l'animait encore, mais le couperet tomba.

— Il n'en est aucunement question, Ysabeau! Je ne pensais pas que tu t'abaisserais ainsi, ma fille. Tu blasphèmes! tonna-t-il en frappant la table du poing. Te rends-tu compte que tu marchandes ton corps et ton âme pour te soustraire à l'un des sacrements de l'Église, comme les filles de joie? Honte à toi! Ma décision est finale et sans appel, je ne veux plus entendre un mot. Et tente d'être digne de mon nom à l'avenir! Je suis un homme fier et n'accepterai jamais qu'un de mes enfants me fasse un tel affront. Tu mériterais le bâton!

Ysabeau baissa la tête et retourna piteusement dans son lit. Ses yeux brûlaient, mais ne versèrent aucune larme. En plus de perdre sa vie, elle venait de souiller sa dignité à tout jamais aux yeux de son père. Comment avait-elle pu songer qu'il prenne en considération ce qu'elle avait à lui dire, elle, une femme? Elle était si niaise d'avoir espéré éviter ce mariage. Mais à quoi bon y penser encore?

Dans son lit chaud et douillet, elle se fit un serment: quoi qu'il advienne, elle serait une épouse parfaite et irréprochable. Elle ne donnerait plus jamais l'occasion à son père d'être déçu de son comportement, au contraire, il en serait fier. Et son mari aussi.

Si elle avait été mise au monde, c'était pour servir et seconder un époux ainsi que lui donner des enfants. C'est ce qu'elle ferait, et sa vie serait dorénavant un modèle de soumission et de renoncement.

La main sur la poitrine, Ysabeau scella calmement ce serment au plus profond de son cœur et jura de ne jamais l'oublier.

Plusieurs heures plus tard, elle s'endormit

enfin. Blottie contre une Catherine aux pieds froids, malgré la chaleur des draps, les cauchemars l'assaillirent toute la nuit. Dans ses rêves, sa sœur bien-aimée pleurait et criait à l'aide. Ysabeau avait beau la chercher partout, elle ne réussissait jamais à la trouver.

Chapitre 2
Les fiançailles
et le mariage

Le lendemain, le père d'Ysabeau invita les amis et la famille à boire le traditionnel vin de fiançailles. C'était une soirée lourde et orageuse, et les gens étaient bien heureux d'avoir une raison de se réunir. D'autant plus qu'ils allaient manger comme des cochons, boire à rouler sous la table et danser jusqu'aux petites heures du matin.

Louis remplit une coupe et l'offrit à la jeune fille, pour signifier à tous son intention de la prendre pour épouse. Ysabeau but le vin à petits traits, la gorge serrée par l'émotion. Elle ne désirait qu'une chose à cet instant: que cette soirée finisse et que son futur mari regagne l'auberge. Elle voulait se trouver le plus loin possible de lui, mais devait faire bonne figure et se forcer à sourire. Du moins, il ne fallait pas qu'elle donne l'air de s'ennuyer et qu'elle déshonore de nouveau son père.

Toute la soirée, ses cousines roucoulèrent et se trémoussèrent autour de Louis. Personne n'ignorait la richesse du marchand et, d'ailleurs, tout en lui transpirait la fortune : ses habits, ses chausses à longues pointes, son port de tête. Lorsqu'il parlait, on n'entendait que lui. Il dégageait une telle prestance et un tel magnétisme qu'il imposait le respect.

Mais Ysabeau le trouvait vraiment bizarre. Il lui semblait que l'attitude de son futur mari était fausse, calculée, mais elle était incapable de dire ce qui se cachait derrière cette façade. Les yeux de Louis, verts et perçants, ne laissaient rien voir de son âme ni de ses sentiments.

Marguerite, sa cousine la plus dégourdie, vint la trouver en douce au milieu de la soirée.

— Et ton riche fiancé, chère Ysabeau, n'aurait-il pas un ou deux frères célibataires ? chuchota-t-elle.

— Je... je ne sais pas. Nous nous connaissons à peine.

— Bien entendu, si jamais c'était le cas, j'espère que tu n'oublieras pas tes cousines!

— Mais bien évidemment, Marguerite, grimaça Ysabeau.

Marguerite lissa un pli de sa robe avant de continuer la conversation, faussement nonchalante.

— Je ne comprends toujours pas ce que ce marchand a pu te trouver pour vouloir t'épouser, lâcha-t-elle méchamment.

— C'est bien vrai, renchérirent les sœurs de Marguerite.

— Tout cela est vraiment suspect. Comment un grand homme tel que lui peut-il vouloir épouser une fille insignifiante et banale comme toi? Je suis aussi belle, sinon plus! Je suis sûre que s'il m'avait rencontrée avant toi... enfin...

— Et moi, ma chère cousine, je crois qu'aucun homme ne voudrait épouser une vipère ignoble et détestable comme toi! répondit Ysabeau du tac au tac en s'éloignant.

C'était la première fois qu'Ysabeau

répondait de la sorte à sa cousine, bien qu'elle ait souvent rêvé de le faire par le passé. Pour une fois, elle avait exprimé le fond de sa pensée et n'éprouvait pas de remords. De toute façon, dans quelques jours, elle ne reverrait aucun des convives de cette soirée, et Marguerite et ses sœurs n'allaient certes pas lui manquer.

Ysabeau avait toujours été la plus timide de la famille, ce qui l'exposait aux moqueries. Elle ne s'entendait pas très bien avec ses cousines qui, en temps normal, lui adressaient très peu la parole. Celles-ci aimaient beaucoup jacasser, et leur passe-temps favori consistait à faire les yeux doux à tous les garçons des environs. En fait, des ragots assez grossiers circulaient même au village à propos de Marguerite. On disait qu'elle n'était pas aussi vertueuse qu'elle le prétendait.

Pour sa part, depuis la mort de sa mère, Ysabeau n'avait ni le cœur ni le temps de folâtrer, ayant beaucoup trop de responsabilités à assumer. Même lorsque Benoît la courtisait, elle gardait la tête froide et n'oubliait jamais ses obligations familiales.

Le mariage eut lieu quelques jours après le vin de fiançailles. Ysabeau n'avait pas revu Louis depuis. Il logeait au village tout proche, mais elle n'avait exprimé aucune envie de le voir. Le matin du grand jour, Ysabeau vomit deux fois, même si elle n'avait pas pris de petit-déjeuner. La cérémonie avait lieu avant midi et les deux mariés devaient être à jeun, afin d'être purs aux yeux de Dieu au moment de leur alliance.

La jeune fille brossa lentement ses cheveux, sans les nouer ni les relever, ainsi que le dictait la tradition. Touchant sa chevelure cuivrée du bout des doigts, elle songea que si ses cheveux étaient libres de virevolter au vent, elle était à tout jamais prisonnière de la volonté de son père.

Sa robe en fine laine d'un rouge flamboyant, confectionnée en vitesse par ses tantes, était tout simplement magnifique.

— Tu es aussi belle que ta mère l'était le matin de notre mariage, lui dit son père avec de l'émotion dans la gorge.

Comme le voulait la coutume, Louis Le Grand vint chercher sa future épouse chez elle pour la conduire à l'église. Quand il franchit le pas de la porte, vêtu de ses plus beaux atours, Ysabeau se surprit à penser que Louis était encore un homme séduisant. Avec son nez droit, son menton carré et ses yeux verts et mystérieux, il accrochait le regard. Certes, il avait le double de son âge, et ses traits sévères accusaient les années, mais de sa démarche assurée et solide irradiaient une force et une virilité qu'Ysabeau n'avait rencontrées chez personne d'autre.

«Oui, peut-être chez ma tante Berthe!» pensa-t-elle quelques instants plus tard en songeant à la sœur de son père qui avait une voix puissante et plus d'un poil au menton. Lorsque la tante Berthe aidait son mari aux champs, elle abattait davantage de besogne que deux hommes.

Le père d'Ysabeau, qui surprit ce sourire rêveur, pensa que finalement sa fille ne dédaignait pas vraiment cette union. Comme il se trompait!

Quand le moment fut venu de quitter

la demeure paternelle pour se rendre à l'église, Ysabeau et son futur mari virent leur passage bloqué par les jeunes gens du village qui tendaient symboliquement un ruban en travers du chemin. Le père d'Ysabeau, qui s'attendait à ce genre de démonstrations, sortit une cruche de vin et des verres, et versa à boire à tous.

— C'est double ration pour nous, père Rémy! Cet étranger nous enlève une fille à marier, dit l'un des garçons, un jeunot d'une quinzaine d'années. Et il nous prend la plus belle de surcroît!

— Le vin est la seule façon de noyer notre chagrin! lança le plus impétueux.

Pour ces jeunes gens, le marchand leur volait une épouse éventuelle; il était donc compréhensible qu'ils viennent troubler les réjouissances. Un peu plus tôt dans la journée, Ysabeau avait aussi entendu des garçons dire à son père que le futur époux était dépourvu d'une certaine partie de son anatomie et qu'il serait par conséquent incapable de remplir son devoir conjugal auprès de sa fille. Bien sûr, le vieux Rémy n'en avait rien cru, car il avait été jeune aussi.

Pendant que le vieil homme leur resservait à boire, Louis Le Grand s'avança vers les jeunes gens et leur dit :

— Voici aussi quelques pièces pour vous, mes garçons. La beauté de ma future épouse les vaut bien. Vous achèterez des parures aux filles du coin pour qu'elles n'imitent pas ma fiancée.

Il leur lança de la monnaie et le cortège put reprendre sa route vers l'église du village, toute proche. Les pas d'Ysabeau la conduisaient vers l'autel, mais si elle n'avait écouté que son cœur, elle aurait couru dans la direction opposée, jusqu'à s'écrouler de fatigue. « Rien ne sera plus pareil maintenant », se dit-elle tristement en s'arrêtant devant le prêtre. Son serment lui pesait lourd.

Ysabeau et Louis se firent face et, tandis qu'elle fuyait son regard, s'entassa derrière eux presque tout le village venu célébrer l'union d'une petite fille de la campagne et d'un riche étranger de la ville.

Le prêtre bénit tout d'abord les anneaux d'un signe de croix et pendant cette bénédiction, les témoins étendirent un voile blanc au-dessus de la tête des fiancés pour les protéger du mauvais sort.

Ensuite, tout en enfilant l'alliance au doigt d'Ysabeau, Louis prononça les paroles rituelles :

— Par cet anneau, moi, Louis Le Grand, je vous prends, Ysabeau Deschamps, pour épouse.

À son tour, sans gaieté de cœur, mais avec une étonnante détermination, Ysabeau l'imita :

— Par cet anneau, moi, Ysabeau Deschamps, je vous prends, Louis Le Grand, pour époux.

Malgré la nervosité et le trouble extrêmes qu'elle ressentait, elle réussit à prononcer cette phrase sans bégayer.

Après quoi, le prêtre célébra la messe. Ysabeau était habituellement très pieuse, mais à cet instant, les paroles du curé ne l'atteignirent pas. L'anneau, preuve de sa captivité, lui serrait le doigt comme un étau, sa robe lui serrait la poitrine et ses émotions lui serraient la gorge.

Son esprit vagabondait dans les champs et les rues du village où elle courait, enfant, encore innocente et candide comme sa cadette Catherine.

Elle essaya de fixer les souvenirs que suscitait cette église dans sa mémoire. C'était celle où, bébé, elle avait été baptisée, comme ses frères et sœur; c'était aussi celle où avaient eu lieu les funérailles de Benoît et de sa mère... «Mère, pensa-t-elle, vous pouvez être fière de moi. Malgré mon aversion pour cet homme, je me suis pliée à la volonté de père. Je serai une bonne épouse, comme vous l'avez été, et j'espère aussi un jour être une bonne mère. Vous serez toujours avec moi en pensée.»

Après la messe, tous se rendirent à la grange familiale pour manger, boire et danser. Le vin, la cervoise et le cidre coulèrent à flots et l'on dansa jusqu'à avoir les jambes en coton. Le marchand, qui préférait le vin aux virevoltes, n'accompagna les danseurs que quelque temps. Il décida de rejoindre les hommes plus âgés et parla avec eux jusqu'au coucher du soleil, sans doute de ces sujets sans intérêt dont parlent souvent les vieux: le temps qu'il fait ou les cahots des routes, peut-être.

Ysabeau, plutôt contente de l'initiative de son époux, dansa durant des heures la carole, la ronde et le branle. Dans les rondes, elle reprenait les pas qu'elle avait si souvent exécutés lors des fêtes. Sans même y penser, elle avançait les pieds, frappait des mains et sautait. Comme c'était bon de se laisser aller un peu au plaisir! Danser lui faisait oublier son mariage et sa nuit de noces qui approchait à grands pas.

Le soir venu, le père Rémy, à la fois ivre et fier, renvoya tous les invités chez eux.

— À demain, à demain mes amis. Allez dormir et cuver votre vin, leur lança-t-il.

Les moins éméchés aidèrent les autres à quitter les lieux, les soutenant du mieux qu'ils le pouvaient. Cependant, certains n'eurent pas la force de regagner leur domicile et s'endormirent dans la grange attenante à la maison, blottis dans le foin.

Les tantes d'Ysabeau la conduisirent dans la chambre nuptiale, à l'auberge du village, où le lit avait été béni par le prêtre un peu plus tôt dans la journée. Tout en la déshabillant, sa tante Berthe lui fit ses dernières recommandations.

— En temps normal, dit-elle lentement avec sa voix grave, c'est ta mère qui aurait dû être là avec toi ce soir. Mais étant donné son absence, Dieu ait son âme, j'essayerai de te conseiller du mieux possible. Sa tante prit une grande inspiration avant de poursuivre. Après cette nuit, tu seras une femme, Ysabeau. Ce que te fera ton mari n'est pas agréable, mais c'est la volonté divine. Écoute ce qu'il te dira et obéis-lui, il saura quoi faire. Et si tout se passe comme il se doit, peut-être mettras-tu un enfant au monde avant l'été prochain, sait-on jamais! N'aie pas peur, toutes les femmes mariées doivent passer par là.

Une fois qu'Ysabeau fut entièrement nue, sa tante lui demanda de s'étendre et rabattit aussitôt les draps sur la peau blanche de la jeune femme. Puis la tante Berthe quitta la pièce. « Mon corps ne m'appartient pas, ne m'appartient plus. Que mes tantes, mon mari me voient ainsi, je n'en ai cure, mais ils ne toucheront pas à mon âme! Il n'y a que Dieu qui puisse y accéder. »

Ysabeau était si angoissée qu'elle eut un haut-le-cœur lorsque son mari entra dans la chambre vêtu seulement de son pour-point. Tremblant de peur, elle ferma les yeux pour ne pas vomir.

Une voix résonna dans sa tête : « Habitue-toi, ma fille, il en sera ainsi toute ta vie. Tu es une femme maintenant, tâche de ne pas l'oublier. » Était-ce sa conscience ou sa mère qui lui parlait ? Ysabeau n'aurait pas su le dire.

À cet instant, Ysabeau en voulut plus que tout au monde à cet homme de l'avoir choisie, elle plutôt qu'une autre. Pourquoi avait-il fallu qu'il vienne la chercher jusque dans sa campagne éloignée ? Après tout, la ville où habitait le marchand était assez grande, il devait bien y avoir des centaines de filles à marier. Elle savait bien qu'elle était jolie, car Benoît le lui avait souvent dit, mais pourquoi elle ? Pourquoi n'avait-il pas rencontré Marguerite en premier ? Elle aurait été enchantée d'être à sa place à ce moment précis !

Le lendemain, tout le village sut que le marchand avait honoré sa femme comme un vrai homme. Et à plus d'une reprise même ! Le vieux Rémy et ses sœurs pouvaient l'assurer, car ils avaient tout écouté derrière la porte.

Au petit matin, Ysabeau constata qu'elle avait saigné, même si ce n'était pas le temps de ses menstrues, mais personne n'avait paru s'en inquiéter. Sa tante avait ouvert les draps, vu tout le sang et hoché la tête, puis s'était éloignée sans dire un mot. Par la suite, le drap maculé fut exposé à la fenêtre, prouvant la virginité de la nouvelle mariée. Le père d'Ysabeau affichait une attitude pleine d'orgueil, convaincu d'avoir fait le bon choix pour sa fille.

Chapitre 3
Une prison dorée

La jeune femme n'avait presque rien à elle, hormis ses deux robes, une pour la semaine et l'autre pour le dimanche, et une paire de vieilles chausses élimées. Ainsi, ses bagages furent-ils vite faits.

Ce qu'elle laissait derrière, ce n'était pas des objets, mais sa famille. Son père, vieux et usé, ses deux frères encore enfants et la petite Catherine qu'elle adorait. Sa mère, aussi, qui reposait depuis des années au cimetière du village, cette mère qui avait sacrifié sa vie pour en donner une autre à la terre. Malheureusement, le nouveau fils, qui devait s'appeler Arnoul, était mort-né; le prêtre n'eut pas même le temps de le baptiser. Il ne lui restait de sa mère que le souvenir du parfum des violettes. Chaque printemps, elle allait en fleurir sa tombe.

Ysabeau était donc là, assise dans une carriole aux côtés de son mari depuis des heures, en chemin vers sa nouvelle vie. À l'approche de la ville, avant même d'en apercevoir les remparts, elle en huma l'odeur. Des relents de moisissure et d'excréments lui choquèrent les narines.

— Nous arrivons, se contenta d'annoncer son mari en pointant une forme par-delà les collines.

Devant eux apparut finalement Cambron, le nouveau foyer d'Ysabeau. La jeune femme n'y avait jamais mis les pieds auparavant et elle était terrorisée à l'idée d'y finir ses jours. Un nouveau mari, un nouveau foyer, l'abandon de sa campagne natale, c'était beaucoup en peu de temps.

Ils entrèrent bientôt dans la ville sous l'œil curieux du guet posté à la porte de la cité, qui salua le marchand d'un rapide hochement de la tête et dévisagea Ysabeau dès que son mari eut détourné le regard.

— Bienvenue chez vous, ma mie, fit Louis en prenant la main de son épouse dans la sienne.

Le guet ne fut pas le seul à la regarder avec insistance, car presque toutes les têtes se retournaient sur le passage de la nouvelle venue. Les gens l'examinaient de la tête aux pieds, mais tous évitèrent d'entamer la conversation avec le marchand et sa femme. Elle n'accorda pas vraiment d'importance à ces regards indiscrets, préférant détailler le spectacle qui s'offrait à elle.

Des maisons étroites et hautes, entassées les unes contre les autres, comme si l'on eut manqué de place, bordaient le tortueux serpentin des rues de terre battue. Le chemin était tout juste assez large pour laisser passer leur voiture. Il était plus aisé de circuler à pied ou encore à cheval.

Non loin de là, se découpait la silhouette de la cathédrale, surplombant la ville, majestueuse et autoritaire. Au moins, Dieu était présent ici et Ysabeau en fut rassurée.

Les animaux allaient et venaient comme les gens : des chiens et des cochons, dont certains fouillaient le sol avec leur groin à la recherche de nourriture, sans compter les poules qui les imitaient sans aucune gêne. Des moutons que l'on menait au marché se pressaient au milieu de la foule, bêlant.

Si la cacophonie animale mettait un peu de gaieté dans les lieux, les égouts à ciel ouvert étaient tristement dégoûtants; les passants devaient prendre garde de ne pas mettre leurs chausses dans cette boue nauséabonde encombrée de détritus. Dans la rue des Bouchers, les eaux ruisselaient en emportant le sang des bêtes abattues, et dans celle des Pelletiers, les artisans déversaient à même le chemin le tanin qui dégageait une odeur presque insoutenable. Ysabeau avait entendu dire qu'en ville, les gens de métier avaient tendance à se regrouper, selon leur spécialité.

L'attention d'Ysabeau fut soudain attirée par un crieur de vin qui avait une voix aussi forte que sa tante Berthe. Le gros homme se disputait l'intérêt des passants avec les valets chargés de vendre la marchandise de leur maître au coin d'autres rues.

Ysabeau détourna le regard pour admirer les étals. Les cerises et les framboises, les belles asperges d'un vert tendre, et les carottes blanchâtres et tordues de l'épicier concurrençaient l'étal de poissons nauséabonds du harenger ainsi que celui du pelletier où étaient exposées des fourrures d'agneau, de vair et d'hermine. Des passants loquaces y étaient accoudés et examinaient les produits proposés, en profitant de la pleine lumière de ce jour ensoleillé.

Que de gens, que de denrées et que de marchandises! Toute cette animation impressionnait Ysabeau, car la grande ville affichait une abondance qui lui était étrangère.

Ysabeau avait entendu maintes histoires concernant la ville. Elle savait qu'une fois le soleil couché, toute cette activité rassurante s'éteignait. Lorsque le soir tombait, il n'y avait que les hommes bien armés qui osaient encore s'aventurer dehors.

La nuit, les bandits et les voleurs devenaient les rois des lieux, car sous le seul éclairage de la lune, on ne distinguait rien à deux pas. Plusieurs perdaient tout simplement leur bourse ou leur vie en sortant dans l'obscurité.

Un soir, grisé par l'alcool, le père d'Ysabeau s'était lancé dans un long monologue sur ses péripéties d'autrefois, et avait raconté qu'il arrive fréquemment que des ivrognes, nus comme des vers pour avoir parié et perdu leurs vêtements, quittent la taverne dans la nuit et disparaissent à tout jamais.

Le visage de son père se forma dans son esprit, mais n'y resta qu'un instant, car le chariot des nouveaux mariés s'arrêta soudain devant un immeuble grandiose aux allures de palais. De toutes les demeures de la ville que la voiture avait longées, elle était la plus majestueuse, la plus magnifique. Ysabeau n'avait jamais vu tant de luxe!

La très grande majorité des maisons étaient en bois, mais celle de Louis Le Grand était en pierre, un matériau très coûteux, surtout pour une construction de cette envergure. Son mari était beaucoup plus fortuné qu'elle n'avait pu l'imaginer. Et dire que bien des familles, comme la sienne, s'entassaient dans une seule pièce servant à la fois de chambre, de cuisine et de salle commune. Cet hôtel, ce monstre de construction, était beaucoup trop grand pour deux personnes.

Tout à coup, la maison familiale dans laquelle Ysabeau avait vécu jusqu'à la veille lui manqua terriblement. Elle se sentit vulnérable comme un insecte, infiniment petite et misérable. Un insecte auquel on avait coupé les ailes pour qu'il ne puisse plus jamais s'envoler.

L'anxiété d'affronter sa nouvelle vie s'estompa malgré tout à l'idée que leur périple dans cette voiture inconfortable s'achevait. Elle était exténuée et une terrible envie de se reposer et de dormir la tenaillait depuis des jours entiers.

Mais d'autres projets l'attendaient à son insu. En franchissant le seuil de sa nouvelle demeure au bras de Louis, elle fut surprise du nombre de domestiques qui les attendaient, déjà alertés de l'arrivée du maître. Rapidement, elle en compta au moins quinze. Encore d'autres gens qui la dévisageaient! À cet instant, elle se demanda ce qu'ils pouvaient tous bien se dire en l'examinant de la sorte.

Louis leur présenta sa nouvelle femme qu'ils saluèrent tous par une petite courbette ou une révérence polie, mais froide.

Le marchand donna son manteau à un valet empressé et fit signe à une petite servante d'approcher.

— Je dois déjà retourner à mon travail, ma mie, dit-il à Ysabeau. Je suis absent depuis plusieurs jours et j'ai pris beaucoup de retard dans mes affaires. Je vous laisse donc entre les mains de Roseline qui sera votre dame de compagnie. Elle vous montrera votre chambre et vous fera visiter ma demeure. J'en suis très fier. Ce sont des architectes de renom qui l'ont bâtie sous mes ordres, et on n'en trouve pas d'aussi imposante à des lieues à la ronde. Nous nous verrons donc au souper.

Et avant qu'Ysabeau ait pu prononcer une seule parole, il tourna les talons. Les domestiques reprirent leur poste, de sorte que dans l'immense vestibule de marbre, il ne resta plus qu'Ysabeau et la petite Roseline.

Roseline était une jeune fille de quelques années plus âgée que sa maîtresse, courte sur jambes, maigrichonne, et au nez trop long pour être gracieux. Sous son bonnet d'où dépassaient des cheveux blonds et drus, elle souriait, mais paraissait un brin timide.

— Si vous voulez bien me suivre, je vais

vous montrer votre chambre, articula la petite servante, les yeux rivés au sol.

Elles empruntèrent un escalier aussi large qu'une rue et montèrent à l'étage.

— Il y a longtemps que vous travaillez ici, Roseline? demanda Ysabeau.

— Cela doit bien faire dix ans, répondit-elle, un peu plus hardie et contente que l'on s'intéresse à elle. J'étais l'une des premières engagées au service du maître. J'ai été la servante particulière de feue sa mère jusqu'à sa mort, deux jours avant la Saint-Martin. La maladie l'a emportée si vite, même les saignées n'ont pu l'aider.

— Comment se fait-il qu'une chambre soit déjà prête pour moi? Comment avez-vous su que j'arrivais puisque mon mari n'a pas quitté l'auberge de mon village?

— Un messager nous a annoncé la nouvelle de votre mariage il y a deux jours, et il nous a aussi transmis les consignes du maître en vue de votre arrivée. J'espère que vous vous plairez!

La chambre d'Ysabeau était située à l'étage, à l'extrémité du corridor sud. C'était une grande pièce meublée d'un lit, de trois gros coffres sombres, d'un petit tabouret et d'une commode rehaussée de ferrures ouvrées.

C'est le lit qui attira tout d'abord l'attention de la jeune femme. Fait de bois blanc et encadré de quatre colonnes ouvragées, il était surmonté d'un ciel de lit et de courtines en soie bleue, en rien comparable à la couche qu'elle partageait avec sa sœur jusqu'à tout récemment.

De grandes tentures rouge et bleu qui tombaient le long des murs devaient servir à couper les courants d'air l'hiver venu, et un tapis de jonc tressé recouvrait le plancher. Un tableau de la Vierge portant le Christ dans ses bras ornait le mur du fond.

Sur la commode qu'elle avait remarquée plus tôt, trônait un petit coffret en cuir rempli de bracelets, de fermaux et de bagues sertis de splendides pierres précieuses. Roseline les montra à Ysabeau en lui expliquant que c'était un cadeau de son époux, pour lui faire oublier un peu son chagrin avait-elle précisé.

Ysabeau effleura doucement les bijoux qui s'entassaient dans le coffret. Elle n'en n'avait jamais vu de si beaux. Dire qu'ils lui appartenaient tous et qu'elle ne connaissait même pas le nom de ces pierres. «Mon mari doit certainement vouloir mon bonheur pour me gâter autant», pensa-t-elle.

En refermant le coffret, Ysabeau contempla les trois coffres imposants au fond de la pièce.

— Pourquoi tous ces coffres, Roseline?

— Le maître a donné des ordres clairs pour que vous ayez sous peu une nouvelle garde-robe. D'ailleurs, la couturière devrait passer à la fin de l'après-midi.Vous êtes la dame de l'homme le plus riche de la ville; le maître veut que tous le sachent.

— Oh, je vois, fit-elle, étonnée que l'on puisse réserver autant d'espace à des vêtements.

Quoique surprise, Ysabeau ne fut pas fâchée de se faire offrir de nouveaux habits. Elle se mit à rêver de longues robes de laine ou de soie, de larges manches élégantes, de riches broderies ainsi que de poulaines, ces chaussures à longues pointes que portaient les riches. Plus le bout était effilé, plus elles coûtaient cher. Elle n'avait jamais eu le privilège d'en posséder, mais avait déjà vu une femme de passage au village en porter.

Presque aussitôt, une ombre ternit sa vision de coquetterie et effaça son esquisse de sourire. Plusieurs religieux voyaient l'amour des femmes pour leurs parures comme un péché véniel, voire mortel. Le curé de son village l'avait souvent répété lors des messes dominicales. À l'époque, Ysabeau ne possédait que deux robes de chanvre et ne se sentait pas concernée par ces paroles, mais maintenant, c'était autre chose. En plus des bijoux qu'elle venait de recevoir, elle allait posséder beaucoup plus de toilettes qu'auparavant, et d'une qualité qu'elle n'avait jamais connue. Elle se promit de se confesser à la première occasion.

— Et cette porte, où mène-t-elle?

— À ma chambre, madame. Ainsi, en cas de besoin, je serai tout près de vous.

Roseline, soucieuse d'instruire Ysabeau de tous les petits détails de sa nouvelle vie, parlait sans interruption. Un peu étourdie par la fatigue du voyage, la jeune mariée suivait difficilement le fil de ses propos. La servante l'informa que les autres domestiques résidaient presque tous au grenier, hormis le palefrenier qui couchait près de l'enclos des chevaux. L'hôtel comprenait une dizaine d'autres chambres pour les visiteurs, toutes aussi luxueuses les unes que les autres.

Celle du maître se situait à l'extrémité ouest, attenante à la petite pièce dans laquelle se trouvait son comptoir privé, où il se consacrait à ses affaires.

Les employés qui s'occupaient des tâches administratives et financières travaillaient dans une autre pièce, près de la porte d'entrée, sur de longs comptoirs de bois noirâtre, et tout à côté d'un parloir où le maître recevait ses clients, fournisseurs et visiteurs.

Le dédale des couloirs et des pièces tourna la tête d'Ysabeau, peu habituée à une si vaste demeure. La nouvelle maîtresse des lieux était quelque peu terrifiée par cette maison si spacieuse, mais Roseline en connaissait tous les recoins et lui fit faire le tour complet en agrémentant la visite de moult détails. Non loin de sa chambre, Ysabeau découvrit la salle de musique où, entre autres instruments, une harpe et des vielles n'attendaient que des mains habiles pour les faire chanter.

Dès l'enfance, monsieur Le Grand avait appris à jouer de ces instruments, expliqua la jeune domestique, et il souhaitait que sa femme fasse de même. La salle d'armes impressionna beaucoup Ysabeau; tous ces arcs, ces arbalètes et ces boucliers ainsi que les banderoles qui drapaient les murs lui donnèrent la chair de poule. Son mari faisait-il une collection d'armes et d'armures? Avait-il déjà utilisé certaines d'entre elles? Ysabeau n'osa pas poser la question à sa nouvelle dame de compagnie.

Outre ces pièces, Roseline lui fit aussi visiter la chapelle, la salle de divertissement du maître où trônaient des jeux d'échecs et de dames, la cuisine, l'office, le cellier qui regorgeait de choix, l'entrepôt à charbon, les latrines et le débarras. À la fin, Ysabeau ne tenait plus sur ses jambes qui se mirent à trembler.

Roseline allait l'inviter à visiter les jardins, mais Ysabeau, vidée de son énergie par l'émotion et la longue route, l'arrêta.

— De grâce, Roseline, reconduisez-moi à ma chambre pour que je puisse enfin me reposer.

La petite servante, un peu confuse d'avoir été emportée par son exaltation, s'exécuta sur-le-champ.

Même si un flot continu de pensées inondait son esprit, la jeune mariée s'assoupit aussitôt étendue. Avant de sombrer définitivement dans le sommeil, elle supplia Dieu : « Seigneur, donnez-moi la force d'affronter cette nouvelle vie qui me semble déjà bien compliquée et pour laquelle je n'ai pas été préparée. »

***

Le souper fut silencieux. Le marchand ne prêta que peu d'attention à sa nouvelle femme, et Ysabeau, toute à ses préoccupations, ne le remarqua pour ainsi dire pas. À peine goûta-t-elle aux mets qu'on lui présenta. Elle pensait à un autre souper, beaucoup plus gai celui-là, qui se déroulait chez son père, loin de la ville, où les rires et la chaleur humaine l'emportaient sur les plats, aussi bons fussent-ils. « Je me demande bien comment père se débrouillera pour préparer les repas maintenant que je n'y suis plus. Catherine est bien trop jeune, mais elle apprendra, comme je l'ai fait. Ma tante Berthe les aidera certainement », songea-t-elle.

En sortant de table, après s'être essuyé la bouche et les mains avec la nappe, Louis s'approcha de sa femme. C'était la première fois depuis leur nuit de noces que les époux se trouvaient seuls dans la même pièce.

— Je comprends votre tristesse, ma mie, mais d'ici peu, vous oublierez votre famille et apprécierez votre vie à mes côtés. Je suis l'homme le plus riche de cette ville; on me respecte et on m'obéit partout où je vais. Il en sera de même pour vous. Vous verrez, vous vous plairez ici.

De retour dans sa chambre fastueuse, Ysabeau ne put s'empêcher de pleurer. « Comment peut-il comprendre ce que je vis? Je ne possède ni maison en pierre, ni terres, ni montagne d'argent, ni ville à mes pieds. Tout ce que j'avais, c'était ma famille et ma campagne. Rien ne peut acheter cela. »

Le lendemain matin, pendant qu'une servante s'affairait à dompter sa chevelure avec un peigne en ivoire pour en faire un chignon et le recouvrir d'un voile fin, Ysabeau questionna Roseline au sujet de son mari. Si son père avait été évasif sur les occupations du marchand, la petite servante put la renseigner un peu mieux.

— Le maître est un grand marchand drapier. Il achète la laine et la fait transformer par des ouvriers. Ensuite, il vend les draps dans les foires. C'est là qu'il écoule la majeure partie de la marchandise, mais le plus souvent, ce sont les employés qui se chargent de cette tâche. Le maître travaille la plupart du temps à son comptoir, ou bien il fait une tournée en ville. Il possède des immeubles un peu partout dans la région et aussi des terres où paissent des centaines de moutons. C'est un homme très... mais Roseline marqua une hésitation dans laquelle se termina la phrase. Vous savez, reprit-elle en fuyant le regard de sa maîtresse, je ne devrais pas vous en dire trop. Les femmes ne doivent pas s'intéresser à ce genre de choses, conclut la petite domestique en finissant de replacer la courtepointe sur le lit.

Ysabeau comprit que Roseline en savait beaucoup plus qu'elle ne laissait paraître. Le marchand avait-il un secret? Quelle était cette révélation que Roseline avait décidé tout à coup de taire?

Il fallut plusieurs mois à la douce Ysabeau pour en apprendre davantage sur son époux, car, en fait, elle ne le voyait que quelques heures par jour, aux repas et lorsqu'il venait la rejoindre dans sa couche. Elle n'aimait pas ce qu'il faisait avec son corps. Jamais Louis ne se souciait de l'état d'esprit de sa femme ou n'apaisait ses angoisses pourtant manifestes. Chaque fois, elle avait le sentiment d'être souillée par un étranger. Mais c'était le prix à payer pour enfanter, elle le savait bien.

Jour après jour, Louis Le Grand échangeait quelques rares paroles avec sa femme, se contentant de phrases mornes telles que «Comment vous portez-vous aujourd'hui?» ou «Le repas vous plaît-il?». Il était toujours poli avec elle, sans jamais lui démontrer d'affection.

Ysabeau s'accoutumait à sa nouvelle vie et s'en désolait de moins en moins. Tranquillement, elle s'était résignée à son sort. Elle priait de longues heures durant, sans trop de dévotion toutefois, invoquant le Seigneur d'éclairer ses journées et de lui faire cadeau d'une parcelle de bonheur. Elle se cantonnait dans l'idée que si elle devenait enceinte, la félicité l'habiterait enfin.

Quand elle ne priait pas, elle rêvait à son père, à ses frères et à la petite Catherine. Si elle avait su écrire, elle leur aurait narré la ville et sa vie de princesse dans de longues lettres. Mais à quoi bon y songer? Personne ne savait lire chez elle.

Alors elle espéra enfanter des garçons qui apprendraient certainement à lire et à écrire, vu l'immense fortune de son mari.

C'est donc en pensée qu'elle parlait aux

siens pour fuir la morosité du quotidien. Parfois, elle imaginait même qu'ils lui répondaient. En fermant les yeux, elle pouvait presque entendre la petite voix flûtée de Catherine ou le timbre de voix fatigué de son père.

Personne n'avait le pouvoir de mettre ses pensées en cage et c'était les seules folies qu'elle se permettait, des folies bien inoffensives d'ailleurs. Ysabeau s'était fabriqué un monde imaginaire, un refuge de quelques heures pour éviter de chavirer dans la déroute de l'isolement.

Mollement, elle supervisait les activités des domestiques et apprenait à jouer de la harpe pour meubler le temps. Elle n'avait pas l'oreille musicale et doutait d'être capable d'en jouer convenablement un jour. Parfois, elle brodait, toujours des fleurs, souvent des violettes. De cette manière, la jeune mariée retrouvait la présence de sa mère à ses côtés. « Avez-vous été aussi malheureuse que moi, mère, lorsque vous avez épousé père? se surprenait-elle à lui demander. J'en doute fort. Dans mes souvenirs, vous êtes souriante, enjouée. Pourquoi suis-je si triste? Comme je voudrais que vous soyez près de moi en cet instant. Mon fardeau me semblerait moins lourd à porter.»

Dans l'intimité qui se tissait d'elle-même, Roseline et Ysabeau devinrent bonnes amies et un fort lien de confiance unit les deux jeunes femmes. En fait, Ysabeau était incapable de la considérer comme une simple servante, et elle désirait se confier à quelqu'un d'autre qu'à son confesseur qui la recevait une fois par semaine. Seule dans cette immense demeure, elle se sentait perdue, abandonnée. La foule de Cambron était pour elle un désert humain, car elle n'entrait jamais en contact avec ces gens.

Par la fenêtre de sa chambre, elle regardait les autres vivre leur vie sans vivre la sienne. C'était comme toucher du doigt la réalité sans jamais y plonger. Roseline fut donc sa lumière, son unique bouée.

Cependant, Ysabeau ne se vanta de cette amitié à personne, de peur qu'on lui dise que c'était contraire aux convenances. Elle ne savait trop comment réagirait son mari s'il apprenait que les deux jeunes femmes échangeaient autant de confidences.

C'est ainsi que la jeune mariée en apprit un peu plus sur la vie de sa servante. Roseline venait d'une famille pauvre qui l'avait abandonnée très tôt chez les religieuses; elle se rappelait encore très bien le grand dortoir où des dizaines d'orphelins ou d'enfants délaissés comme elle s'entassaient à plusieurs dans le même lit pour dormir.

Les souvenirs de son enfance étaient faits de froid et d'humidité. La froidure de l'hiver aux nuits si longues que les enfants mouraient parfois en silence, gelés.

La froideur de la sœur Gaëlle, dont le visage restait de marbre, même à la Noël quand les enfants auraient voulu avoir pour tout cadeau une paire de bras pour les serrer.

L'humidité provoquée par l'eau qui dégouttait dans la salle commune les jours de pluie en raison du toit mal entretenu.

L'humidité des larmes de jalousie qui coulaient sur ses joues lorsque d'autres fillettes étaient adoptées.

Et même l'humidité qui se dégageait de

la bouillie grise et infecte qu'on leur donnait à manger quotidiennement.

Roseline remerciait le Seigneur pour la santé de fer qui lui avait permis de rester en vie pendant toutes ces années. Finalement, lorsqu'elle avait été en âge de travailler, vers douze ans, on l'avait confiée aux Le Grand pour devenir domestique.

— Je te plains, Roseline, car tu n'as pas connu ta famille. C'est si triste. Peut-être as-tu des frères et sœurs en ville.

Roseline haussa les épaules, en signe d'ignorance et d'impuissance.

— Ma famille, c'est ici maintenant. J'aurais pu avoir une vie bien pire en étant condamnée à demander la charité ou même à me prostituer. Savez-vous que des personnes méprisables vont jusqu'à couper un bras ou une jambe à leurs enfants afin qu'ils mendient pour eux?

— Quelle horreur! Comment peut-on être aussi cruel? Les pauvres petits! réagit Ysabeau en pressant une main sur sa bouche, bouleversée d'avoir aussitôt imaginé sa sœur amputée d'une jambe.

— N'est-on pas plus généreux avec un

enfant infirme qu'avec un autre en bonne santé? Ces scélérats feraient n'importe quoi pour recueillir quelques oboles.

Chapitre 4
Complots

L'été, doux et fleuri, fit place à l'automne puis à l'hiver. Bien que son mari la rejoignait presque tous les soirs dans sa couche, la jeune Ysabeau n'attendait toujours pas d'enfant.

Naturellement, lorsqu'elle avait ses menstrues, Louis s'abstenait de venir la retrouver, car tous deux savaient qu'un enfant conçu ces jours-là serait immanquablement roux ou lépreux.

Son époux devenait de plus en plus agressif à son égard et elle sentait bien qu'il la rendait coupable de ne pas porter d'enfant. Il ne l'avait jamais interrogée à ce propos, mais son attitude, presque dédaigneuse, en disait bien davantage que ses paroles.

Le confesseur d'Ysabeau lui conseilla la

prière et lui promit que Dieu répondrait bientôt à ses attentes si elle savait se montrer soumise et dévouée à son mari et au Seigneur. Mais ne l'était-elle pas déjà?

Ysabeau tenta de chasser ses idées noires et de suivre les conseils du prêtre. Elle se levait très tôt, avant que le soleil n'entre par les fenêtres, et priait deux fois plus longtemps qu'à l'accoutumée. En présence de son mari, elle était sereine et souriante et revêtait ses plus beaux atours, n'hésitant pas à se parer de colliers et de bracelets somptueux et à mettre ses robes aux couleurs les plus chatoyantes. La jeune femme affectionnait particulièrement son surcot de velours rose brodé d'ancolies en perles, ou celui en laine écarlate aux belles mouchetures jaunes, qui non seulement la gardait au chaud mais faisait aussi d'elle la femme la plus élégante et la plus gracieuse de Cambron.

Elle consacrait le reste de son énergie à l'étude de la harpe, pour ne pas penser à sa famille qui lui manquait encore plus en raison de l'attitude distante de son mari. Les mêmes questions la hantaient de jour comme de nuit telles un spectre qui lui collait à la peau. Les enfants avaient-ils grandi? Les récoltes avaient-elles été bonnes? Sa famille pensait-elle encore à elle parfois?

Même si Ysabeau n'était pas particulièrement douée pour la musique, elle progressait plus rapidement depuis quelques mois. Les mélodies mélancoliques l'envoûtaient et lui faisaient momentanément oublier ses tourments.

Un après-midi qu'elle pratiquait une nouvelle pièce musicale avec son professeur, son mari poussa la porte de la pièce qui grinça en même temps que le cœur de l'apprentie musicienne. Surprise, Ysabeau s'arrêta de jouer, ses bras en suspens, comme paralysés.

— Continuez, ma mie, continuez, fit-il en agitant la main, autoritaire comme à l'habitude, une esquisse de sourire sur les lèvres.

Ysabeau s'exécuta, bien que très nerveuse, car jusqu'à présent, elle n'avait joué que devant son professeur et Roseline. Ses doigts se crispèrent sur les cordes de l'instrument et elle les sentit tout à coup devenir aussi raides que du bois. Allait-elle choquer l'oreille musicale de son mari? Le marchand écouta sa femme quelques instants, debout derrière le professeur, puis se retira sans mot dire.

Pendant le repas du soir, Ysabeau toucha à peine à la cigogne aux clous de girofle. Il s'en dégageait pourtant un doux arôme épicé qui lui titillait les narines, mais elle avait perdu l'appétit, certaine d'avoir déçu son époux.

— Sont-ce vos pratiques de musique qui vous coupent l'appétit de la sorte, mon amie?

— Non, non, n'ayez crainte, j'aime beaucoup jouer, mentit-elle. Je suis seulement un peu lasse, voilà tout. J'irai me promener dans les jardins avec Roseline après souper, je suis certaine que cela me sera bénéfique.

— J'en suis soulagé. Continuez la harpe, vous avez fait de très beaux progrès. C'est un instrument que j'apprécie beaucoup.

La remarque de Louis lui fit retrouver la faim. Ysabeau dévora pour ainsi dire son repas quelque peu refroidi, mais encore délicieux. Au sortir de la table, elle rayonnait;

son mari l'avait complimentée pour la première fois depuis leur mariage. Elle se jura de mettre deux fois plus d'ardeur dans ses pratiques musicales.

L'hiver tirait maintenant à sa fin et Ysabeau se désolait de n'être toujours pas enceinte. Un matin, elle fut réveillée par une Roseline impatiente de lui parler. Sa petite servante lui secouait le bras tant et si bien qu'Ysabeau ronchonna en recouvrant sa tête de l'édredon de duvet.

— Ma maîtresse, ma maîtresse, je dois vous confier quelque chose de très important!

— Ah! Roseline, ne pourrais-tu pas me laisser dormir un peu? Il fait noir dehors et j'ai sommeil. Reviens plus tard.

— Non, je dois vous parler maintenant. Tout de suite!

Au ton de sa voix, Ysabeau comprit que Roseline était affolée et elle consentit enfin à l'écouter. Quelque chose de grave était certainement arrivé. Avait-elle eu des nouvelles de Catherine, de son père? Un accident? Une maladie? Les yeux encore lourds de fatigue, elle se redressa rapidement dans son lit.

— Ma maîtresse, mon amie, je crois que votre vie est peut-être en danger...

Ysabeau sursauta tandis qu'un frisson lui parcourait le dos.

— Comment cela peut-il être possible? Explique-toi, Roseline.

Ysabeau tendait une oreille totalement éveillée. La nouvelle l'avait fouettée et elle était suspendue aux lèvres de sa servante.

— Un homme discutait il y a quelques instants à peine avec votre mari, dans le parloir, et c'est de vous qu'il s'agissait.

— Que disaient-ils? hoqueta-t-elle.

— Votre mari lui faisait part de son chagrin de n'avoir pas d'enfant. Il lui expliquait à quel point il avait besoin d'un héritier pour prendre ses affaires en main à son décès, et même pour l'aider de son vivant. «Vous savez avec quelle ardeur j'ai gagné mes biens, je ne voudrais en aucun cas que des rapaces fassent main basse sur ma fortune! », lui a-t-il dit.

— Je le savais, je le savais...

Ainsi, les soupçons d'Ysabeau se confirmaient : Louis était bel et bien contrarié par la stérilité de sa femme.

— Il a demandé à l'homme de faire des recherches de généalogie et de vérifier si vous et votre mari n'auriez pas de lien de parenté. Si cela s'avérait être le cas, il pourrait demander l'annulation de votre mariage et épouser une autre femme qui lui donnerait des héritiers. Dans ce cas, votre vie serait sauve.

— Ma vie oui, mais non ma dignité! Et un lien de parenté m'étonnerait puisque ma famille n'est pas originaire d'ici. Mes ancêtres habitaient dans le Poitou, c'est très loin d'ici, et j'ai entendu dire que la famille de mon mari habite ce bourg depuis plusieurs générations. Oui, je doute fort d'avoir quelque lien de parenté avec lui.

— Dans ce cas, je crains que votre vie ne soit vraiment en danger.

— Tu crois qu'il irait jusque-là? demanda Ysabeau en écarquillant les yeux.

Roseline afficha une sorte de grimace douloureuse qui exprimait toute son inquiétude. Elle connaissait le marchand depuis des lustres et ne doutait pas du réel danger que courait sa maîtresse si elle n'enfantait pas bientôt. Comment l'aider sans l'affoler? Il fallait qu'elles gardent l'une et l'autre la tête froide afin de trouver une solution.

Ysabeau prit une profonde inspiration pour remettre ses idées en place. «Je dois avoir un enfant, ma vie même en dépend!», se dit-elle pendant qu'une idée se formait dans son esprit.

— N'y a-t-il pas dans cette ville une personne qui puisse m'aider? Par chez nous, il y avait Marthe la boiteuse. On disait qu'elle faisait des miracles. Mais ici, je ne connais personne. Tu dois m'aider, Roseline, c'est ma dernière chance!

— Il y a bien la vieille Jeanne... Certains affirment que c'est une sorcière. Elle en a aidé plus d'un avec ses philtres et ses objets aux pouvoirs magiques, entre autres Pierre le rémouleur qui courtisait la belle Maïlis depuis des mois sans qu'elle ne s'intéresse à lui. Bon, il est un peu repoussant, j'en conviens, mais il a suffi de quelques gorgées d'un breuvage préparé par la sorcière pour que la belle accepte de l'épouser.

— C'est vrai? fit Ysabeau un peu suspicieuse.

— Attendez, madame, ce n'est pas tout! Rosemonde, la ventrière de la rue des Ferronniers, avait des douleurs au dos depuis des lunes. Jeanne lui a vendu une tisane et lui a fait un cataplasme qui ont effacé tous ses maux! Et Basilie, la femme du heaumier, et Gontran, le palefrenier de la maison, ils l'ont aussi consultée et ils vantent ses pouvoirs à qui veut bien l'entendre. Sa réputation n'est plus à faire.

— Il faut que je voie cette Jeanne! Tu dois me conduire chez elle.

— Mais... je ne suis pas certaine que ce soit une bonne idée, car elle habite dans un endroit peu recommandable. Il est risqué de vous y aventurer et s'il vous arrivait quelque chose, je ne me le pardonnerais jamais. Ni mon maître d'ailleurs.

— Je ferais n'importe quoi pour avoir un enfant, Roseline, même si je dois mettre ma vie en danger. Après tout, il semble que ce soit mon dernier espoir. Si je ne deviens pas enceinte, je suis condamnée à périr. Mon mari ne se doutera de rien; nous lui dirons que tu me fais visiter la ville. Nous irons voir cette femme dès demain.

Comme convenu, le lendemain, Roseline et Ysabeau se rendirent chez la vieille Jeanne. Le marchand ne posa aucune question lorsqu'il les vit quitter la demeure, et ne remarqua même pas l'état de fébrilité dans lequel se trouvait son épouse, ce qui n'était pas inhabituel d'ailleurs. En fait, occupé à houspiller un de ses employés, il ne leur prêta que peu d'attention, au plus grand soulagement d'Ysabeau qui craignait que sa dernière nuit blanche ne se lise sur son visage.

Un rôtisseur de la maison, un gaillard large d'épaules du nom de Thomassin, les accompagna pour plus de sécurité, à la demande de Roseline. Il n'était pas prudent que deux femmes se promènent seules dans ce coin de la ville: un vol ou un viol était si vite arrivé. Thomassin et Roseline se connaissaient depuis l'orphelinat et la servante savait pouvoir compter sur sa discrétion quant à leur petite escapade chez la sorcière. Il avait répondu qu'il serait muet comme une carpe, «muet comme une carpe rôtie», avait-il ajouté avec un sourire. Toutefois, malgré la présence d'un homme à la carrure imposante, les deux jeunes femmes n'étaient pas entièrement rassurées.

La servante avait dit vrai: la sorcière vivait dans un quartier peu recommandable. Les maisons y tombaient littéralement en ruine et le torchis des murs s'égrainait, révélant les charpentes de bois. Des volets manquaient aux fenêtres ou avaient été à moitié arrachés. Un peu partout, les immondices s'accumulaient en tas, au point d'entraver le chemin. On aurait dit que même la lumière du jour avait déserté les lieux à tout jamais, tant les ruelles étaient sombres.

Et que dire des gens du quartier! Un vieillard largement édenté était assis à une fenêtre, le regard vide. Des enfants en guenilles s'amusaient à poursuivre un rat. Un chien borgne les regardait passer, l'air visiblement affamé. Dans une masure, un bébé pleurait à fendre l'âme tandis qu'un homme criait des injures dans une autre.

Ysabeau ne comprit pas exactement ses paroles, car elles étaient prononcées dans un dialecte qui lui était inconnu, mais elle perçut tout de même la rage et le désespoir du malheureux. Pestait-il après un enfant turbulent ou après sa femme fainéante? Avait-il perdu son emploi ou était-ce la faim qui parlait?

Au tournant d'une ruelle, deux femmes en haillons essayèrent de lui soutirer quelques pièces de monnaie. Quoique Ysabeau ait revêtu sa toilette la plus sobre, sa richesse ne trompait personne. Roseline, qui était plus habituée de circuler en ville, lui conseilla d'accélérer le pas. « Si vous leur donnez quelque chose, ils seront dix à rappliquer! ». Ysabeau eut un pincement au cœur et, à son corps défendant, ignora les deux pauvresses.

— Je crois que c'est ici, dit enfin Roseline en s'arrêtant devant une masure délabrée qui ressemblait à tant d'autres.

Mais la petite servante ne se décidait pas. Elle examina les autres maisons, toutes aussi piteuses. Un garçonnet d'environ cinq ans, qui les observait depuis un moment, les interpella :

— Si vous cherchez la sorcière, c'est bien là. Faites attention qu'elle ne vous jette pas un sort, ricana-t-il en s'éloignant.

Ysabeau rajusta sa coiffe et prit une grande inspiration avant de s'approcher de l'embrasure de la porte qui lui parut bien étroite. Le bois vermoulu menaçait de s'affaisser. Elle hésita, et comme elle allait reculer, une femme ouvrit. Était-ce la sorcière? Peut-être avait-elle senti leur présence.

Dans la maison, il faisait aussi sombre que dans le terrier d'un lièvre, à tel point que de l'extérieur Ysabeau distinguait à peine les traits de la femme.

— Entrez, madame, entrez, fit-elle à l'intention d'Ysabeau.

Comme celle-ci tardait à réagir, l'inconnue la saisit par l'épaule.

— Je ne vous mangerai pas! Et si vous restez dehors, je ne pourrai rien pour vous!

Ysabeau pénétra dans la misérable demeure, suivie de Roseline. Thomassin, mal à l'aise de coudoyer une sorcière, préféra attendre dans la ruelle malgré son dévouement pour Roseline et sa maîtresse.

Ysabeau s'attendait à découvrir une femme fripée, laide et peut-être même bossue, mais elle fut surprise de constater que Jeanne n'avait pas du tout l'apparence d'une vile jeteuse de sort. Il lui sembla que son hôtesse avait environ quarante ans. Sa longue chevelure argentée la parait d'un certain charme capable de résister à l'âge, et ses yeux bleus, clairs et brillants, deux feux ardents dans l'obscurité de ce pauvre logis, accrochaient immédiatement le regard.

On aurait dit une femme comme les autres. Curieusement, Ysabeau trouva même que, d'une certaine façon, Jeanne ressemblait à sa mère. Elle se sentit alors en sécurité auprès d'elle.

— Tous ont la même réaction lorsqu'ils me voient pour la première fois, dit la vieille, comme si elle avait lu les pensées d'Ysabeau. Je ne suis pas une sorcière, je suis seulement une femme qui connaît les herbes et les plantes. Je suis une cuisinière de la nature, en quelque sorte.

Ysabeau eut un peu honte de sa première réaction et n'osa rien rajouter de peur de froisser la vieille Jeanne. Elle aurait voulu lui poser une multitude de questions. Comment avait-elle appris l'art des plantes? Pourquoi habitait-elle une maison aussi décrépite si tant de gens venaient la consulter? Avait-elle choisi de vivre dans ce dénuement? Et pourquoi lui faisait-elle tant penser à sa défunte mère?

— Alors, reprit la vieille, pourquoi êtes-vous ici? Voulez-vous un philtre d'amour, un remède contre les verrues ou encore une potion pour vous débarrasser d'un enfant non désiré?

— Au contraire, je veux un enfant! lâcha aussitôt Ysabeau, emportée soudain par son désir. Je suis mariée depuis bientôt une année et ne suis pas encore grosse. Vous êtes mon dernier espoir.

— Je vois, répondit Jeanne qui n'avait aucune difficulté à s'imaginer la détresse de cette jeune bourgeoise, inutile à son mari si elle ne pouvait procréer. Elle s'approcha d'Ysabeau, mit la main sur son ventre plat et ferma les yeux comme pour mieux concentrer ses pouvoirs. Ysabeau chercha le regard de Roseline qui lui signifia silencieusement de ne pas s'inquiéter. À travers les épaisseurs de tissu, la paume de la sorcière irradiait sa chaleur vers la peau d'Ysabeau. Puis, la vieille inspecta quelques pots entassés dans un coin de la pièce et revint avec un sachet qu'elle remit à sa cliente.

— C'est de la mandragore, une racine rare qu'on ne retrouve que sous les arbres à pendus. Pour qu'elle soit efficace, elle doit être cueillie à la pleine lune. Ce soir, avant que votre mari ne vous rejoigne, vous boirez une infusion faite à partir de cette racine, et vous recommencerez pendant trois jours. N'ayez crainte, ce n'est pas très bon au goût, mais c'est une méthode très efficace pour stimuler la fertilité.

Ysabeau donna cinquante deniers à Jeanne et prit congé. Sur le chemin du retour, le petit groupe resta coi, chacun dans ses pensées. Roseline, dont l'envie de parler lui brûlait la langue, brisa le silence.

— J'ai déjà entendu parler de cette plante. On l'appelle aussi la mandegloire; sa racine a une apparence humaine et on dit qu'elle crie lorsqu'on l'arrache du sol. C'est horrible! Dire que vous allez en boire!

Ysabeau jeta un regard réprobateur à sa petite servante.

— Tout ce que je désire, c'est que cette plante fasse son œuvre et que je devienne enceinte. Il m'importe peu de savoir si elle crie, pleure ou rit lorsqu'on l'arrache! répondit Ysabeau un peu plus brusquement qu'elle ne l'aurait voulu.

Cette histoire d'enfantement la préoccupait jour et nuit depuis trop longtemps. À force d'inquiétude, elle finissait par perdre sa gaieté et sa douceur habituelles.

La pauvre Roseline n'avait rien à se reprocher, Ysabeau le savait bien et se désolait d'avoir peiné sa servante. Elle se promit de s'excuser de son impatience dès qu'elle aurait retrouvé son calme. Mais, pour l'heure, elle était incapable de penser à autre chose qu'au petit sachet de lin rêche qu'elle tenait au creux de sa main. C'était peut-être la fin de ses soucis et le début d'une nouvelle vie.

Chapitre 5
La dette
du cordonnier

Un matin de mai, peu de temps après avoir visité la vieille Jeanne, Ysabeau se rendit compte que ses prières avaient été exaucées et qu'elle portait un enfant.

Des nausées matinales ainsi que l'arrêt de ses saignements mensuels ne pouvaient la tromper, d'autant plus que ses seins étaient lourds et douloureux. La jeune femme frémissait de bonheur. Malgré elle, des larmes lui picotèrent les yeux et elle pleura tout son soûl, soulagée et comblée à la fois.

Elle pria de longues minutes, agenouillée dans la chapelle de l'hôtel, remerciant le Seigneur de sa miséricorde, puis descendit au rez-de-chaussée pour annoncer enfin la bonne nouvelle à son époux.

Arrivée à proximité du parloir, Ysabeau surprit une conversation qui lui mit la puce à l'oreille sur la véritable nature de son mari.

Louis parlait sur un ton dur avec un autre homme visiblement terrorisé. Après avoir pris soin de vérifier que le corridor était désert, elle colla son oreille contre la porte. Elle crut comprendre qu'un petit cordonnier avait emprunté une certaine somme d'argent au marchand, et que celui-ci lui réclamait maintenant son dû.

— Sire, je ne devais vous rendre cette somme qu'au milieu de l'été, à la Sainte-Madeleine, je ne l'ai donc pas encore.

— Tu me dois deux cents deniers et tu as jusqu'à demain pour me les apporter, sinon je prendrai les mesures nécessaires pour me rembourser. Ton matériel les vaut bien après tout! S'il le faut, je prendrai également ton atelier, tonna le maître des lieux.

Quand l'artisan lui répondit, après quelques secondes de lourd silence, sa voix tremblait. Ysabeau l'entendit à peine.

— Mais sire, c'est deux fois plus que la somme que je vous ai empruntée. C'est injuste, nous n'avions pas convenu de cela.

Comment voulez-vous que je nourrisse ma famille? Je vous en prie, ayez pitié de moi, supplia le pauvre artisan.

— Voyez-vous cela! C'est tout ce que tu trouves à dire pour me remercier? C'est moi qui prête l'argent, et c'est moi qui décide des intérêts que je prends et du jour où je veux être remboursé! Je veux mes deux cents deniers demain, et gare à toi si tu ne les as pas.

Ysabeau eut tout juste le temps de s'esquiver que déjà le cordonnier sortait du parloir, traînant les pieds et serrant nerveusement sa coiffe contre sa poitrine. Elle remonta immédiatement dans ses appartements, prenant bien garde de ne pas être vue.

Elle eut beaucoup de difficulté à convaincre Roseline que tout allait bien. La servante, qui avait remarqué la lividité du visage de sa maîtresse et le tremblement de ses mains, voulut aller quérir le médecin.

— Non, il ne me sera d'aucune utilité! s'écria Ysabeau. Vois-tu, Roseline, je viens de découvrir que je suis grosse et l'émotion me fait perdre mes moyens.

— Ma maîtresse, comme je suis contente de cette nouvelle! Merci Seigneur miséricordieux. Allons l'annoncer au maître. Un enfant! Notre maîtresse va avoir un enfant!

— Pas tout de suite, Roseline. Je vais m'étendre un peu et j'annoncerai la bonne nouvelle à mon mari ce soir; je ne veux point le déranger pendant qu'il travaille. Laisse-moi maintenant, je désire être seule.

La jeune servante s'exécuta, ne voulant pas contrarier sa maîtresse, surtout dans son état. La future mère était fragile maintenant, elle se devait de la ménager. Ysabeau s'allongea sur son lit. Les idées se bousculaient dans sa tête et troublaient ses pensées.

Peut-être que le petit artisan mentait en disant qu'il ne devait payer son mari qu'à la Sainte-Madeleine, et peut-être lui avait-il vraiment emprunté deux cents deniers et qu'il essayait de le voler. Dans ce cas, le marchand avait eu raison de lui parler de la sorte. Mais si l'homme disait vrai, si son mari ne respectait pas les termes de leur entente... Profitait-il de la misère du peuple démuni pour s'enrichir, lui qui était déjà riche comme Crésus?

Ysabeau ne savait trop que croire. Sa vie d'abondance et de splendeurs l'émerveillait, mais jusqu'à ce jour, elle ne s'était jamais interrogée sur l'origine de ce luxe et sur la façon dont son mari gagnait tant d'argent.

Elle chassa ces mauvaises pensées de son esprit. « J'attends un enfant. Ce n'est pas le temps de m'inquiéter de questions de la sorte. Je ne dois pas mettre en doute les décisions de mon mari. Je suis sa femme et je dois le croire, c'est mon devoir. Ce petit cordonnier n'est qu'un menteur et un voleur. Mon mari saura s'occuper de cette affaire. »

Chapitre 6

Un banquet princier

La grossesse d'Ysabeau se déroulait très bien. Par précaution, elle limita ses activités et se reposa beaucoup pour préserver l'enfant qui avait tant tardé à grandir en elle. Son mari était gonflé de fierté, son honneur et sa réputation enfin saufs : sa femme était bel et bien capable de lui donner une descendance.

Lorsqu'Ysabeau avait annoncé l'heureux événement à Louis, il l'avait serrée dans ses bras pour la première fois. Ysabeau avait fermé les yeux, voulant à tout prix savourer ce moment de tendresse exceptionnel.

Le lendemain, Louis convoqua tous les domestiques pour leur signifier de ne contrarier sa femme sous aucun prétexte et de ne pas la déranger lorsqu'elle se reposait. Il ordonna aussi à ses cuisiniers de servir de la viande rouge à tous les repas, sauf les jours maigres, bien entendu, pour que l'enfant à venir soit bien bâti et robuste.

Le marchand organisa un banquet grandiose en l'honneur de l'enfantement prochain. Plus d'une centaine de personnes furent invitées pour l'occasion, choisies parmi les plus nanties de la ville; parmi elles, d'autres patriciens, un certain nombre de nobles, quelques artisans de renom et des échevins.

Dans cette foule de convives, Ysabeau ne connaissait à peu près personne, et elle savait pertinemment que ces gens s'inquiétaient davantage d'être dans les bonnes grâces du marchand que de célébrer l'avènement d'un descendant. Ce banquet lui donna tout de même la chance de faire de nouvelles rencontres, elle qui n'avait aucune amie, hormis sa fidèle Roseline.

Ysabeau devait être l'attraction principale des réjouissances et Louis tenait à ce qu'elle surpasse en beauté toutes les femmes présentes. C'est donc une Ysabeau éblouissante qui apparut au pied du grand escalier ce soir-là. Sa coiffure, sa robe, ses bijoux, tout respirait la perfection. Elle avait choisi une cotte couleur sable sur laquelle était superposé un surcot vert piqué de fils d'or et bordé de fourrure d'écureuil. Une ceinture de cuir finement ciselée et un fermail d'émeraude ajoutaient une touche de finesse à sa tenue. Même si la future maman sentait déjà son enfant bouger, son ventre toujours plat ressemblait encore à celui d'une pucelle.

Le charme d'Ysabeau fit évidemment l'objet de maintes conversations :

— Dire qu'une telle beauté a épousé Louis Le Grand ! ironisaient certains.

— Mais au moins, répondaient les autres, il a les moyens de mettre le beau visage de cette jeune grâce en valeur !

Alors que les hommes n'avaient d'yeux que pour Ysabeau au teint de pêche et aux cheveux de cuivre, les femmes en étaient toutes jalouses. Elles s'accordaient pour dire que c'était un péché d'être si belle. « Le diable y est certainement pour quelque chose », laissaient-elles entendre loin des oreilles de la fêtée.

Les cuisiniers se surpassèrent et le souper de fête fut tout simplement exquis, en fait le meilleur repas qu'Ysabeau ait fait de sa vie.

Le tout premier service comprenait du vin, des pâtés et des fruits pour stimuler l'appétit des convives.

C'est au deuxième service que commença véritablement le repas. Après un potage au cresson et au persil, des filets de lotte aux trois vinaigres et des seiches frites, on servit les rôts qui avaient longtemps tourné sur la broche et qui exhalaient un fumet délicieux de la cuisine jusqu'à l'étage et même jusqu'aux jardins.

Comme c'était jour gras et que l'on avait la bénédiction de l'Église, la viande était à l'honneur. Ce soir-là, il y avait au menu des lapereaux à l'ail, des oiseaux de rivière revêtus de leur peau et de leurs plumes, du faisan au fenouil et un porcelet farci aux pommes dans une sauce à la cannelle et aux clous de girofle.

Chaque convive découpait lui-même un morceau de viande et le déposait ensuite sur son tranchoir, c'est-à-dire une tranche de pain sec faisant office d'assiette. Après le banquet, on donnerait les tranchoirs gorgés de jus de viande et les restes aux chiens et aux pauvres, de sorte que le festin ferait quelques heureux de plus.

Entre chaque service, pendant que les domestiques débarrassaient les tables, les invités étaient distraits par de courts numéros d'amuseurs : un barde qui chanta quelques belles ballades, un bouffon qui dérida l'assistance par ses simagrées et ses pirouettes ridicules, et un jongleur de torches enflammées dont l'audace coupait le souffle. Les invités apprécièrent beaucoup ces intermèdes et manifestèrent leur enthousiaime par des applaudissements, des cris et des éclats de rire si rares dans cette maison.

Au creux de son ventre, l'enfant d'Ysabeau s'agitait beaucoup lui aussi, comme s'il voulait participer à la fête. Ysabeau sourit à cette idée, heureuse et détendue. En cet instant béni, elle avait oublié les inquiétudes qui lui avaient tant pesé sur les épaules depuis quelques mois.

Légère, elle se sentait délivrée de tous ses soucis et riait de bon cœur, comme les

quelques convives qui profitaient des intermèdes pour faire preuve d'un talent, eux
aussi, ou pour raconter une histoire amu-
sante. Parmi eux un homme, assez corpu-
lent et passablement émoustillé, raconta
qu'un jour son cheval l'avait désarçonné et
l'avait jeté dans les bras d'une fille de joie.
« Je n'ai jamais été aussi content de tomber
de mon cheval! Et je peux vous dire que la
belle a bien su amortir ma chute! », lança-
t-il en gloussant. Certains, qui avaient
encore la bouche pleine, manquèrent de
s'étouffer tant ils riaient!

Puis vint la desserte avec un choix
imposant de flans, de pâtisseries et de gâteaux qui furent savamment disposés sur
les tables. Quel plaisir pour les yeux... et les
narines! De sa place, Ysabeau distingua des
douceurs au miel, quelques tartes (qui,
selon son odorat, étaient vraisemblable-
ment aux poires et aux pommes), des
fruits secs, un flan siennois, des beignets et
une crème de prunes au miel, sans
compter toutes les autres gourmandises
hors de sa vue. Plusieurs ne purent se
priver de goûter un peu de chaque plat

tant tout semblait succulent.

Ysabeau n'avait plus assez faim pour les deux derniers services; cependant, à titre d'hôtesse du banquet, elle devait s'efforcer de goûter un peu de tout. Assis à sa droite, un homme de forte carrure, dont les muscles saillaient sous ses habits d'apparat, mangeait trois fois plus qu'elle. Se tournant vers lui, elle dit en souriant:

— Après le festin de ce soir, je ne mangerai plus pendant trois jours!

— Et moi, j'ai encore faim, madame. Ces beignets fondent dans la bouche. Un vrai délice!

— Veuillez excuser mon époux, ajouta une jeune femme brune à ses côtés, il a toujours mangé comme un ogre!

Elle rougit aussitôt, comme si ses paroles avaient dépassé sa pensée. Son mari déglutit bruyamment et lui lança une œillade pleine de reproches. Qu'avait-elle dit de mal? Ysabeau ne comprenait pas la gêne de ses voisins de table, mais elle n'osa pas leur demander une explication. Mal à l'aise, elle sourit et, pour se donner une certaine contenance, prit une autre gorgée de vin.

L'avant-dernier service se composait de fromages et de gâteaux légers arrosés d'hypocras, un vin froid miellé et parfumé aux épices. Ces aliments favorisaient la digestion. Ysabeau goûta à cet alcool pour la première fois et en apprécia beaucoup la délicatesse. «Mon père aurait raffolé de ce breuvage», songea-t-elle en revoyant en pensée le visage bourru du vieil homme.

Finalement, à la fin du repas, lorsque les invités sortirent de peine et de misère de table, les domestiques leur offrirent des dragées et du gingembre confit pour purifier l'haleine. C'est la panse rebondie et les yeux brillants d'un trop-plein de vin que les convives regagnèrent leur domicile, peu après.

«Enfin!», songea Ysabeau qui rêvait de son lit depuis un long moment déjà. On aurait dit que ses paupières se fermaient malgré elle tant la fatigue la dominait.

Après cette soirée fort agréable, les deux époux se retrouvèrent seuls dans le grand vestibule déserté, et Louis se rapprocha d'Ysabeau, tout en lui parlant avec une tendresse inhabituelle. La jeune femme mit cette attention sur le compte de l'alcool, mais se surprit à espérer que cela se reproduise plus souvent. Son affection, bien que rare, lui faisait du bien.

— Ce sera un fils, mon amie, j'en suis certain. Et lorsque je serai vieux, c'est lui qui prendra le contrôle de mes affaires, après avoir travaillé à mes côtés des années durant, bien sûr. Je lui montrerai tout ce que je sais, comme mon père l'a fait pour moi. Dans ma jeunesse, j'ai dû travailler comme quatre et sillonner les routes pour lui montrer ce dont j'étais capable. J'ai fait fructifier son argent, et voyez où je suis rendu aujourd'hui! Notre fils sera un très bon marchand drapier, vous verrez, vous en serez vous-même étonnée.

— Vous avez certainement raison, mon cher mari, répondit Ysabeau en touchant son ventre comme pour s'assurer que le bébé y était toujours.

Mais les paroles de Louis eurent l'effet d'un coup de tonnerre dans son cœur. Elle ne voulait pas qu'il lui dérobe son enfant, ou que son fils devienne comme son mari, arrogant et froid. Si Ysabeau mettait au monde une fille, peut-être pourrait-elle avoir plus d'emprise sur son éducation. Mais encore là, Louis pouvait tout aussi bien décider de la marier à quatre ou à cinq ans s'il trouvait une bonne alliance. Cela se faisait couramment chez les nobles et les familles aisées, car l'argent entrait toujours en jeu dans un mariage. Et que pouvait faire une femme contre cela?

Chapitre 7
Thiery, l'enfant tant attendu

Les mois s'égrainaient tranquillement et Ysabeau envisageait la délivrance avec beaucoup d'appréhension et de fébrilité. Elle avait souvent l'impression que son cœur cessait de battre dans sa poitrine tant la tourmente l'habitait.

Maintes femmes mouraient en couches, tout comme sa mère. Ysabeau pensait souvent à cette nuit-là, celle où sa mère avait perdu le combat contre la mort.

Les douleurs de l'enfantement avaient commencé à tenailler Mathilde Deschamps à la pointe du jour. C'est Ysabeau qui avait été quérir la voisine, Marie la rousse, pour assister sa mère. Comme d'habitude, chacun avait vaqué à ses occupations, en essayant de faire abstraction des gémissements et des cris de la mère en travail.

Une anxiété écrasante oppressait tous les membres de la famille, plus particulièrement Rémy qui détestait voir sa femme souffrir de la sorte. Il en avait vu plusieurs au village devenir veufs bien avant l'âge.

Marie avait interdit aux enfants d'aller voir leur mère alitée, mais comme il n'y avait aucun mur dans la maison, les cris résonnaient partout. Ce n'était pas la première fois qu'Ysabeau entendait sa mère mettre un enfant au monde. Elle se souvenait encore très bien de la naissance de Catherine et d'un autre bébé, mais ce dernier était mort-né.

Au coucher du soleil, les choses auguraient mal et l'enfant ne se présentait toujours pas. Plus les heures passaient, plus les cris de la mère d'Ysabeau faiblissaient. La mère et le bébé étaient finalement morts dans le silence de la nuit. Marie la rousse avait tout tenté pour les sauver, en vain.

«Le Seigneur donne et le Seigneur reprend, les hommes sont impuissants face à cela», avait dit la voisine à Rémy qui se tenait la tête à deux mains en pleurant. Durant la journée qui avait suivi, les litanies du pauvre homme n'avaient eu de cesse : « Mathilde ! Ne me quitte pas ! Tu ne peux pas mourir ! Tu ne peux pas mourir ! »

La mère d'Ysabeau n'était qu'une femme parmi tant d'autres à mourir en accouchant. Ysabeau avait entendu nombre de récits d'horreur, et maintenant qu'elle portait un enfant à son tour, les mauvais rêves l'obsédaient chaque nuit. Bien sûr, seule Roseline connaissait ses craintes.

Louis, qui faisait chambre à part depuis l'annonce de la grossesse, ignorait tout de ces terreurs nocturnes, et Ysabeau ne voulait pas qu'il soit mis au fait de son état, de peur de paraître vulnérable à ses yeux. Elle voulait se montrer forte pour le bébé à naître.

Lorsque sa maîtresse se réveillait en sueur et haletante, la petite servante allait la rejoindre dans son lit et la calmait en lui caressant les cheveux ou en lui tenant la main. Au bout de plusieurs minutes, parfois de plusieurs heures, la jeune femme se rendormait, mais les cauchemars revenaient inlassablement.

Les dernières semaines, Ysabeau passa ses journées entières au lit, en compagnie de Roseline qui lui parlait, assise sur l'un des coffres, tout en reprisant. La servante devint ses yeux et ses oreilles en lui rapportant les nouvelles de l'extérieur.

Ainsi, Roseline lui raconta la procession à travers la ville durant laquelle on avait promené des reliques pour remercier Dieu du temps clément cette année-là. Un moine, qui transportait une immense croix, était tombé de tout son long dans la boue en butant contre un porc égaré. En voulant châtier le pauvre animal qui n'avait pas bougé d'un poil, il glissa et retomba une nouvelle fois dans la fange.

Un voleur avait aussi été pendu sur la place publique pour avoir violé et assassiné une veuve. Il n'avait exprimé aucun remords pour son geste à l'égard de la pauvre femme et des deux enfants qu'il avait rendus orphelins. La population avait applaudi à tout rompre lorsqu'il s'était balancé au bout de sa corde. Aux yeux de plusieurs, son supplice avait semblé trop court, et les gens auraient voulu le voir souffrir encore un peu. «Après tout, il le méritait bien», pensa Roseline à voix haute.

Tous ces petits récits distrayaient Ysabeau et l'empêchaient de trop réfléchir à l'enfantement et d'imaginer le pire.

Les douleurs commencèrent une nuit de pleine lune. Ysabeau fut réveillée par un filet d'eau qui s'écoulait de ses cuisses.

— Mon Dieu, mon enfant va se noyer! Personne ne peut respirer dans l'eau, gémit-elle.

Roseline, réveillée par les pleurs de sa maîtresse, accourut presque aussitôt, enveloppée négligemment dans une grande couverture de laine.

— Mon enfant est mort, Roseline, mon enfant est mort! lui cria Ysabeau terrifiée.

Roseline posa une main bienveillante sur la tête de la future maman pour la rassurer.

— Non, je ne pense pas, ma maîtresse. J'ai déjà vu des femmes mettre au monde et cela se passe toujours ainsi. Recouchez-vous, je vais demander qu'on aille quérir la sage-femme et je reviens à l'instant.

Même si elle doutait encore de la certitude de sa servante, Ysabeau se recoucha et tenta de se rassurer. «Seigneur, aidez-moi à traverser cette épreuve. Faites que mon enfant vive et que je puisse le voir grandir.»

Finalement, les craintes d'Ysabeau ne se concrétisèrent pas. Ponctué de contractions violentes et douloureuses qui lui tiraient de longs gémissements, le travail d'Ysabeau fut heureusement de courte durée.

La ventrière, qui était arrivée promptement, la rassura et la guida tout au long de ce moment difficile. Restée à ses côtés, Roseline épongeait le front fiévreux de sa maîtresse, lui massait le dos et, d'heure en heure, informait le futur père de l'évolution de l'accouchement. Lorsque son fils, un gros garçon qui semblait en pleine santé, s'échappa enfin de ses entrailles au petit matin, Ysabeau pleura de joie et de soulagement.

— Si toutes les délivrances se passaient comme la vôtre, je serais bien inutile! ricana la sage-femme. Vous pourriez avoir douze enfants si vous le vouliez, vous accouchez comme une chatte!

L'enfant fut prénommé Thiery, comme le père de Louis, et baptisé le lendemain de sa naissance. Encore alitée, Ysabeau ne put assister à la cérémonie, mais une fois de plus, Roseline lui narra le tout dans le menu détail.

— Le petit Thiery ne s'est même pas réveillé lorsque le prêtre l'a plongé dans l'eau. Il n'a ni crié ni pleuré, dit la servante.

— Oh, comme il est mignon! Je me souviens du baptême de Catherine où le prêtre avait failli la laisser tomber sur le sol tant elle se démenait!

— Le prêtre a dit qu'il est entré dans le royaume de Dieu serein et confiant et qu'il sera donc un bon chrétien.

— Je suis vraiment fière de mon enfant, Roseline. Quelle chance d'avoir un fils tel que lui!

Pour pouvoir enfanter à nouveau plus rapidement, Ysabeau n'allaita pas. Elle voulait mettre toutes les chances de son côté pour redevenir enceinte le plus vite possible. Si elle tardait encore à porter la vie en elle, elle irait quérir de nouveau la vieille Jeanne. Après tout, elle était convaincue que son aide avait été déterminante.

Bien avant la naissance du bébé, Louis avait trouvé une nourrice, Pavie Castelois, la fille du boucher, qui, la pauvre, avait perdu son enfant peu après sa naissance. Depuis, elle gagnait sa vie comme nourrice. Elle avait allaité le fils du Duc pendant deux ans et l'enfant, costaud et gras, se portait à merveille, ce qui témoignait de la qualité de son lait.

Au grand bonheur de la nouvelle maman, le petit Thiery buvait bien et prenait du poids rapidement. Les premiers mois de la vie d'un nouveau-né demeuraient toujours risqués et elle le savait.

En dépit de sa bonne santé, Thiery n'était pas entièrement à l'abri d'une maladie infantile; il en sévissait tant dans les villes comme à la campagne que le tiers des enfants n'atteignait pas l'âge adulte. Même la sage-femme le lui avait dit: « Ne vous attachez pas trop à ce petit, on ne sait jamais quand le Seigneur voudra le reprendre auprès de lui. »

Tous les jours, dans ses prières, Ysabeau louait Dieu et lui demandait de protéger son fils. « Éloignez de lui les épreuves de la vie. Je l'ai tant attendu, il est un joyau plus précieux à mes yeux que ma propre vie. Laissez-moi le choyer et l'élever dans le respect de vos lois et illuminez-le de votre grandeur. Faites de lui un être pur et droit et animez son cœur d'amour et de piété. »

Chapitre 8
Les braises de l'enfer

Un après-midi de printemps, quelques mois après la naissance de Thiery, Ysabeau alla se promener dans les jardins pour reprendre un peu de forces.

En fait, il s'agissait de quatre jardins distincts : le potager, le floral, le médicinal et le fruitier. Le jardin floral était assurément son préféré. Les fleurs qu'on y trouvait, toutes plus gracieuses les unes que les autres, exhalaient des parfums exquis qui plongeaient Ysabeau dans un état de béatitude sans pareil. Les ancolies, les iris, le muguet, les pervenches et les roses, sans oublier les violettes chéries d'Ysabeau, se livraient une paisible concurrence dans ce lieu merveilleux.

Ysabeau s'y recueillait depuis un long moment, tout en marchant, lorsqu'elle entendit une conversation entre deux servantes remplissant leur cruche à la fontaine non loin de là.

— Savez-vous la dernière? disait la plus jeune des deux. Raoul, le teinturier, a été expulsé de chez lui. Ça s'est passé pas plus tard qu'hier. C'est la sœur de mon mari qui me l'a raconté.

— Mais comment est-ce arrivé? questionna l'aînée. Notre ogre de maître aurait-il encore fait des siennes?

— C'est ce qu'il semble. La sœur de mon mari a dit que Raoul lui devait à peine cent deniers, et faute de pouvoir le rembourser, le maître a saisi sa maison et son atelier. Raoul serait allé voir l'échevin, mais en vain. Comme si un petit teinturier pouvait s'en prendre à Louis Le Grand!

— Oh là là! quelle histoire! Cessera-t-il jamais de harceler les pauvres gens de Cambron?

— Déjà, son père n'était pas un exemple, mais lui, c'est le diable en personne!

— C'est bien vrai. S'il pouvait être

emporté par la lèpre ou la peste, ce serait un cadeau du ciel.

Ayant puisé toute l'eau dont elles avaient besoin, les deux servantes s'éloignèrent en ricanant. Le souffle coupé par l'horrible révélation, Ysabeau s'assit sur un banc pour se remettre de ses émotions. La beauté des fleurs sembla disparaître et les parfums s'envoler. Ses oreilles se mirent à bourdonner et elle fut prise de haut-le-cœur qui lui revenaient inévitablement dans les moments d'inquiétude.

« Pourquoi faut-il toujours que je surprenne des conversations de la sorte? Louis est mon mari, mais que sais-je vraiment de lui? Et si ces commères disaient vrai? Mon mari pourrait très bien être un monstre, et je ne le saurais pas. Dire que c'est le père de mon fils! »

Sur ces entrefaites, Roseline arriva, pimpante et énergique comme à son habitude. Au premier coup d'œil, elle vit que quelque chose n'allait pas.

— Vous semblez bouleversée, madame, pourquoi êtes-vous si grave?

— Crois-tu que mon mari soit un

monstre de la pire espèce? demanda la jeune femme sans détour.

Roseline eut envie de rire, mais elle se retint en voyant le sérieux de sa maîtresse. Mal à l'aise, elle chercha quelques instants ce qu'elle devait lui répondre, puis finit par lui avouer doucement :

— Madame, mon amie, ne le saviez-vous pas encore?

— Que veux-tu dire? fit Ysabeau, déconcertée par la sincérité de cette réponse.

— Vous savez, si nous travaillons pour le maître, c'est que nous n'avons pas le choix. Même s'il nous paie à peine ou pas du tout, nous en sommes prisonniers. Il n'y a personne d'autre pour nous employer. Il contrôle toute l'industrie du drap ici, et encore plus! Je suis satisfaite, je mange à ma faim, je vis dans une grande et belle demeure avec vous, mais il y a tant d'hommes et de femmes dans cette ville qui n'ont pas ma chance, à cause de ce que votre mari leur fait subir.

— Que fait-il aux gens de Cambron pour qu'ils le détestent tant?

— Plusieurs se plaignent que le maître

ne les paie pas en argent, mais en nature. C'est une pratique courante avec votre mari, même si c'est contre la loi. Comment voulez-vous acheter du pain avec du drap? D'autres lui reprochent de les payer moins que ce qu'il devrait. Pour un même travail, les ouvriers des villes voisines ont un bien meilleur salaire qu'ici. Je ne veux pas vous donner de chagrin ou accuser votre mari de quelque crime que ce soit, mais je dis ce qui est.

Malgré elle, Ysabeau fut secouée de violents sanglots. Elle voyait son univers s'écrouler à nouveau, elle se sentait bernée et trahie. Roseline étreignit sa maîtresse dans ses bras, mais ne trouva aucun mot pour la réconforter. Que pouvait-elle dire maintenant qu'Ysabeau avait découvert et admis la vérité?

Par contre, Roseline ne lui dirait jamais pourquoi le marchand l'avait épousée, elle, fille de simple paysan. Même sous la torture, elle n'avouerait jamais qu'aucun père de Cambron n'avait voulu céder sa fille à ce tyran. Même dans les villes avoisinantes, le marchand avait tenté sa chance en usant de force et de chantage, mais sans succès. Les gens qui le connaissaient ne l'aimaient pas, ils le haïssaient même. On le fréquentait pour affaires, ou pour faire bonne figure, mais de là à l'accepter dans sa famille, c'était une autre histoire.

Le marchand drapier avait beau être riche et puissant, dès qu'on le côtoyait, son attitude et ses actes immoraux dégoûtaient. «On n'achète pas le respect avec de l'argent, songea Roseline. Comme monsieur Le Grand est fortuné d'avoir sauvé la vie du père Rémy il y a vingt ans!»

Un autre événement finit de convaincre Ysabeau de la gravité de sa situation.

Une nuit, un feu éclata dans la partie nord de la ville. Peut-être un artisan avait-il défié les lois en travaillant à la chandelle et mis le feu accidentellement, c'était fort possible. Malheureusement, les incendies débutaient souvent ainsi.

Tous les habitants, jeunes et moins jeunes, hommes et femmes, firent la chaîne jusqu'au fleuve en se relayant les seaux afin d'éteindre le feu. Personne ne ménagea son courage : les flammes dévoraient rapidement les maisons en rangée. Tel un démon vicieux, le feu embrasait les habitations, donnant à leurs occupants un aperçu terrifiant de l'enfer, quand il ne les asphyxiait pas avant. Toute la ville pouvait y passer. Si le bourg de Cambron avait été relativement épargné jusqu'à présent, tous connaissaient les histoires d'horreur d'autres villes qui avaient brûlé plusieurs fois au complet.

Bien sûr, les Le Grand restèrent chez eux, Louis affirmant qu'il y avait bien assez de mains pour étouffer le monstre. De plus, l'incendie faisait rage à l'autre extrémité de la ville, alors le marchand ne s'inquiétait pas outre mesure.

Un peu, pourtant, pour les bâtiments qu'il y possédait : des ateliers, des entrepôts et des logements, mais sans plus. Ce feu constituait bien la seule chose dans sa vie qu'il ne pouvait contrôler. Le sort de la ville et le sien tenaient par conséquent entre les mains de la Providence. «Qu'on vienne me quérir si jamais le feu s'approche d'ici», ordonna-t-il au seul domestique resté en poste, les autres ayant quitté la demeure pour prêter main-forte aux Cambronais.

Ysabeau fut incapable de se rendormir. Par la fenêtre de sa chambre, elle voyait les flammes qui rougeoyaient l'horizon obscur. Une fumée dense et âcre enveloppait la ville et le murmure de la foule qui combattait le brasier grondait jusqu'aux oreilles de la jeune femme. Ysabeau dut fermer les volets, prise d'une quinte de toux. Lorsque Thiery se réveilla, comme toutes les nuits, elle le berça des heures durant pour le rassurer... et se rassurer elle aussi. «Tout ira bien petit homme, maman est là. Tout ira bien.»

Heureusement, le sinistre cessa de faire des ravages avant l'aube, avec l'aide miraculeuse d'une pluie fine, mais il provoqua néanmoins beaucoup de dégâts et emporta des dizaines de personnes.

Le lendemain, Ysabeau demanda à Roseline de tout lui raconter. Malgré sa fatigue, la petite domestique ne se fit pas prier. Elle lui narra tout en détail: la chaleur suffocante, la fumée, les gens paniqués, la joie d'avoir vaincu l'incendie, les pleurs de désolation des sinistrés et les cris des mères qui cherchaient leurs enfants dans les décombres fumants. Depuis le temps qu'elle racontait des histoires à sa maîtresse, la petite servante était devenue une conteuse hors pair. Roseline lui offrit même de se rendre sur place pour constater l'ampleur des dégâts, ce qu'elles firent sur-le-champ.

Dans les rues, on ne parlait que du feu. Plusieurs personnes racontaient en petits groupes leur version des faits en suscitant des oh! et des ah! Comme les deux jeunes femmes allaient emprunter la côte Saint-Charles, la rue la plus abrupte de la ville, un attroupement leur bloqua le passage. Certains pointaient l'entrée d'une demeure en chuchotant tandis que d'autres se hissaient sur la pointe des pieds pour tenter d'apercevoir quelque chose, sans toutefois s'approcher trop près d'une porte derrière laquelle on entendait deux hommes se disputer.

Curieuses, Ysabeau et Roseline s'avancèrent pour connaître la raison de cet émoi collectif. Une commère disait à une autre que le barbier Jacquot logeait à cette adresse.

— Il paraîtrait que cela aurait rapport avec son loyer, dit un homme.

— L'Ogre doit encore faire des siennes, grommela un deuxième.

Roseline blêmit aussitôt. Ysabeau, qui n'avait pas encore compris de qui ces gens parlaient, interrogea sa servante du regard.

Dans un grand fracas de porte, Louis Le Grand apparut sur le pas de la maison et poussa sans ménagement un homme qu'il tenait par le collet et qu'il envoya rouler quelques pas plus loin. Le marchand leva des yeux surpris, regarda la foule avec colère et quitta les lieux en compagnie de deux de ses employés visiblement embarrassés. Par chance, il ne vit pas sa femme qui tremblait au milieu de tous ces gens.

Deux femmes qui semblaient connaître le barbier, car c'était bien lui, l'aidèrent à se relever, et lui demandèrent ce qui était arrivé.

— L'Ogre venait chercher son loyer. Je lui ai payé son dû, mais il voulait plus. J'ai refusé, je lui ai dit que je ne lui devais rien d'autre. Alors il est entré dans une colère noire! raconta l'homme tout en frottant son postérieur couvert de poussière.

— Ouais, on sait de quoi il est capable, clama une femme.

— Ça c'est bien vrai! renchérit une autre.

— Il m'a dit de me trouver un autre toit, qu'il ne voulait plus me revoir dans ses logements. Et il m'a expulsé de chez moi, vous imaginez! Que vais-je faire maintenant que je n'ai nulle part où dormir? chigna le barbier en s'essuyant bruyamment le nez avec sa manche.

Ysabeau sentit la honte et l'humiliation lui rougir le visage et elle dut s'appuyer sur Roseline pour ne pas défaillir. Comment un homme pouvait-il être aussi odieux et avoir si peu de pitié pour les pauvres gens?

D'un coup, l'incendie ne revêtit plus aucune importance à ses yeux. Son cœur se consumait et bientôt il ne serait plus que cendre, tout comme le teint de son visage. Elle aurait voulu être cent pieds sous terre et n'avoir jamais eu à épouser cet homme, cet Ogre, puisque c'était le nom qu'on lui donnait ici. Comme il le portait bien!

Vacillante et le regard brumeux, Ysabeau retourna à l'hôtel, tenant toujours le bras de sa dame de compagnie. Elle demeura enfermée dans sa chambre deux jours durant, invoquant un malaise pour ne pas éveiller la méfiance de son époux.

Chapitre 9
Malheurs et indifférence

Les jours passèrent, fades et moroses. Ysabeau dut continuer sa vie comme auparavant, mais une pensée la hantait toujours, celle de tous ces gens opprimés par Louis. Elle ne savait pas tout ce qu'ils subissaient, mais elle l'imaginait sans peine.

Qu'était devenu le pauvre cordonnier? Même en passant souvent devant le parloir, elle ne surprit aucune autre conversation à son sujet, ni à propos de qui que ce soit d'ailleurs... Et le barbier? Et le Raoul dont avaient parlé ses deux servantes dans les jardins? Aucune nouvelle non plus.

En se promenant dans le potager un après-midi pour se ressourcer, Ysabeau contempla quelques instants les servantes en train de ramasser des carottes, des oignons et des poireaux tandis qu'elles bavardaient et s'esclaffaient. Dès qu'elles virent leur maîtresse, elle se turent et redoublèrent d'ardeur à la tâche, ce qui attrista beaucoup la douce Ysabeau. Exceptée Roseline, elle n'était proche d'aucune d'entre elles. Ces femmes, qu'elle côtoyait tous les jours, mais qui restaient des étrangères, avaient peur d'elle au même titre qu'elles craignaient son mari; on la fuyait, on l'évitait comme si elle avait été une pestiférée, faute de la connaître mieux.

Sans oublier la nourrice qui bégayait lorsqu'Ysabeau lui posait des questions sur Thiery. Loin de vouloir la prendre en défaut, la jeune mère ne cherchait qu'à s'informer de la santé de l'enfant.

— Vous verrez, les gens vont apprendre à vous connaître. Leur attitude changera avec le temps, lui disait souvent Roseline pour la réconforter.

— Mais il y a déjà deux ans que j'habite ici et rien n'a changé! Au moins, dans mon village, on savait qui j'étais et on m'appréciait. Souvent, on me disait que j'élevais mes frères et ma sœur comme une vraie petite mère. Quand notre voisine Emeline a eu son dernier garçon, elle qui en avait déjà cinq, je l'ai même soutenue pendant les relevailles; je m'occupais de ses enfants, je l'aidais à préparer les repas et nous prenions plaisir à parler de tout et de rien et à rire ensemble...

Mais la petite servante ne savait quoi répondre à sa maîtresse.

« Tu me comprends, toi, mon petit Thiery, confia Ysabeau à son fils, un jour qu'elle lui jouait de la harpe. Je ne veux de mal à personne... Je me sens si seule. Oui, je sais, tu es là maintenant, mais ce n'est pas pareil. Ton père ne me parle pas, ou si peu, et même s'il désirait le faire, j'éprouve tant de dégoût pour lui que si je m'écoutais, je me sauverais à mille lieues d'ici! L'argent et le pouvoir ont grugé son cœur je crois, mais il ne faut pas le lui répéter, car son courroux est plus dévastateur que les flammes de l'enfer. »

Un soir que les deux époux étaient attablés en silence, un serviteur entra en trombe dans la pièce.

— Ne vois-tu pas que nous mangeons! Reviens plus tard, tonna Louis, en frappant la table de son poing.

— Maître, c'est important. Un messager vient tout juste d'arriver et désire vous voir sans délai. C'est urgent!

— Mmm... Qu'il entre, bougonna le marchand à contrecœur. Je suis désolé, ma mie, dit-il plus calmement, un homme comme moi ne connaît aucun répit!

Le messager, sale et poussiéreux, passa la porte en montrant un air passablement exténué. Il avait certainement dû galoper des heures, sinon des jours pour porter son message. La sueur avait fait coller boue et sable à sa peau, et ses traits se perdaient derrière ce masque crasseux. Ses bottes, tout aussi répugnantes, souillaient effrontément les belles dalles que les domestiques venaient d'astiquer.

— Sire, je suis porteur d'une bien triste nouvelle. Guillaume Bredot, l'agent que vous aviez envoyé en Champagne pour les foires, est mort. Un accident bête, il a été piétiné par un cheval. L'animal serait devenu fou à cause d'une piqûre d'insecte. C'est son assistant qui m'envoie. Il fait dire qu'il sera ici dans une semaine ou deux, le temps de tout mettre en ordre là-bas.

— Je te remercie, messager. J'irai moi-même annoncer la mort de Bredot à sa femme. Tu peux te retirer. À la cuisine, on te servira un repas chaud et une bonne cervoise.

Lorsque le messager eut quitté la pièce, visiblement soulagé de s'être acquitté de sa mission, le marchand resta songeur.

— Cette mort vous attriste-t-elle, mon ami? demanda timidement Ysabeau après plusieurs minutes de silence.

D'ordinaire, il se souciait bien peu des gens. Peut-être avait-il perdu un être qui lui était cher? Le marchand était-il capable d'aimer? Une amitié marquait-elle sa vie? Même si Ysabeau le côtoyait depuis plus de deux années, elle avait l'impression de ne pas le connaître davantage qu'au premier jour.

— Bredot était un homme de confiance.

Il était à mon service depuis des années déjà.

— Laisse-t-il une grande famille dans le deuil?

— Bah! Cinq ou six enfants peut-être. Je crois que sa femme est encore grosse.

— Que c'est dommage pour eux, soupira Ysabeau.

— C'est plutôt dommage pour moi! Le bougre me devait une grosse somme d'argent. C'est sa veuve qui devra me rembourser maintenant. Je n'aime pas faire des affaires avec les femmes, rétorqua-t-il la bouche pleine de gigot d'agneau. Elles pleurent tout le temps, cela m'agace énormément.

Ysabeau resta bouche bée tant elle avait peine à croire ce qu'elle venait d'entendre. Bredot était tout juste refroidi que déjà le marchand pensait à son dû! La jeune femme ne pouvait imaginer la réaction de la pauvre veuve lorsque Louis irait la voir. Elle savait que son mari n'userait d'aucune modération avec une femme, même si elle était enceinte.

La gorge serrée par l'émotion, Ysabeau se leva brusquement. Louis, occupé à se curer les dents avec ses ongles, ne lui porta guère attention.

— Je suis désolée, mais je suis incapable de continuer ce repas. Je vais aller prier pour l'âme de ce malheureux.

— Faites, mon amie, faites, répondit son mari encore tout à ses pensées d'argent.

Chapitre 10
La veuve noire

Ysabeau ne reparla pas à son mari de la veuve Bredot. Même si cette histoire la secouait intérieurement, la peur l'empêchait d'interroger de nouveau Louis sur cette affaire, car il se rendrait facilement compte qu'elle n'approuvait pas ses méthodes.

Le jour de l'Assomption était une occasion de grandes festivités partout dans le pays. Roseline proposa donc à Ysabeau d'aller déambuler dans les rues de la ville pour y voir toutes les attractions et se distraire un peu de ses sinistres pensées.

À peine avaient-elles quitté l'hôtel qu'une femme les accosta en pleine rue, un tourmenté peint sur le visage. Ysabeau allait la repousser et continuer son chemin, mais la femme n'était pas une mendiante, c'était la veuve Bredot. Bien qu'Ysabeau ne l'ait jamais vue auparavant, son ignorance ne dura pas longtemps.

— Je suis Flore Bredot. Vous devez savoir qui je suis, dit la veuve larmoyante, mon mari Guillaume travaillait pour le vôtre. Il est mort le mois passé, en Champagne.

Ysabeau osait à peine la regarder de crainte que ses yeux ne trahissent sa culpabilité. Elle s'en voulait d'être impuissante devant le comportement ignoble de son mari. Forcément, elle savait très bien qui était Guillaume Bredot, car elle pensait à lui presque chaque jour dans ses prières.

La veuve, grande et maigre, devait être enceinte de sept mois, sinon plus. Dire qu'un enfant grandissait dans un corps si décharné! Elle semblait essoufflée et très fatiguée, les cernes sous ses yeux en témoignaient. Peut-être ne mangeait-elle pas à sa faim et que personne ne prenait soin d'elle comme on avait pris soin d'Ysabeau durant sa grossesse. La vie n'avait pas dû faire de cadeau à cette femme.

— Je sais ce qui est arrivé à votre mari et sa mort me chagrine beaucoup, madame Bredot, articula lentement Ysabeau, tout en contenant le trop plein d'émotion qui bouillonnait en elle.

Avec difficulté, elle leva des yeux remplis de compassion vers la veuve.

— Vous devez aussi savoir que c'est votre mari qui est venu m'annoncer la mort de mon Guillaume?

— C'est... c'est ce que j'ai cru comprendre. Mais vous savez, mon mari ne me dit pas tout.

— Ma maîtresse, vous n'avez pas à répondre à cette femme, intervint Roseline qui pressentait l'issue hasardeuse de la conversation.

— Juste un moment, Roseline.

— Madame, vous devez absolument lui parler, car il refuse de m'écouter. Vous êtes sa femme, il vous écoutera.

— À quel sujet, questionna Ysabeau? Je ne sais pas de quoi vous voulez parler.

À vrai dire, tout en ayant peur de la réponse de la veuve, Ysabeau désirait tout de même vérifier si son mari avait agi tel qu'elle l'appréhendait.

— Voyez-vous, après m'avoir crûment annoncé que mon Guillaume était mort, votre mari m'a aussi demandé une somme d'argent que mon époux lui aurait due. Mais je vous assure, madame, il est impossible que Guillaume ait pu lui emprunter tout cet argent! Nous n'avions aucun secret l'un pour l'autre, continua la veuve avec conviction. Mon mari était un homme fidèle, qui n'aimait ni la boisson ni les jeux de cartes ni les dés. Il m'avait dit avoir emprunté un petit montant à monsieur Le Grand, mais jamais autant que celui-ci le prétend. J'en suis certaine.

Ysabeau écoutait avec de plus en plus de difficulté. Comme un écho déchaîné, d'autres paroles lui revenaient en mémoire, celles des servantes, des commères de la rue au lendemain de l'incendie, du cordonnier... Tout ce flot de doléances l'étourdissait et lui donnait la nausée. Elle s'appuya sur le bras de Roseline pour ne pas défaillir, tandis que la veuve Bredot continuait de débiter ses lamentations sans remarquer l'effet de ses paroles.

— Le père de mon défunt mari peut témoigner de ce que je dis, il était au courant de cet emprunt. Vous devez parler à votre époux, car je suis incapable de rembourser une telle somme, et je n'ai pas à le faire. Mon Guillaume ne devait qu'une partie de l'argent que votre mari me réclame.

Voyant que la femme du marchand ne répondait pas, la veuve Bredot lui agrippa le bras et commença à hausser le ton. Elle secouait son autre main violemment devant les yeux hébétés d'Ysabeau. On aurait dit qu'elle la tenait responsable des actes de Louis Le Grand.

Ysabeau se demanda comment expliquer à cette femme qu'elle n'avait aucun pouvoir sur son mari qui, en conséquence, n'en ferait qu'à sa tête.

— Et mes enfants, continua la veuve en prenant son ventre à témoin, il faut que je les fasse manger! Ils ont faim, madame. Pouvez-vous le comprendre ou l'argent vous rend-il aveugle vous aussi?

Se sentant prise au piège et menacée par la veuve emportée, Ysabeau tenta de reculer sans remarquer le chien étendu à quelques pas derrière elle. La jeune femme trébucha et tomba à la renverse, ses bras battant l'air en vain pour s'agripper à quelque chose.

Roseline tenta bien de la retenir, mais ne fut pas assez rapide et la tête d'Ysabeau heurta lourdement la terre battue, lui faisant finalement perdre connaissance.

Plusieurs heures plus tard, un terrible mal de tête réveilla Ysabeau qui crut entendre tambouriner dans son crâne le galop de mille chevaux. Lorsqu'elle ouvrit les yeux, il faisait nuit dehors et Roseline veillait à ses côtés. Elle vit le visage très grave de sa servante s'illuminer et un timide sourire se dessiner sur ses lèvres.

— Ma maîtresse! J'ai eu si peur de vous perdre et que ma vie redevienne tout à coup terne comme l'ennui. Et tout cela à cause de cette stupide femme et de ce stupide chien! Je m'en veux tellement de n'avoir rien pu faire... je suis vraiment désolée. Comment vous sentez-vous?

— J'ai l'impression que mon crâne va éclater, fit la blessée en tâtant le bandeau qui recouvrait la presque totalité de ses cheveux. À part cela, je crois que je vais bien. Mais j'ai très soif ma bonne Roseline, donne-moi à boire.

La petite servante saisit aussitôt une cruche en grès et servit un gobelet de vin à sa maîtresse. Ysabeau but doucement le liquide frais, se souvenant qu'il avait la propriété, disait-on, de régénérer le sang. À la hâte, Roseline ouvrit la porte, cria la bonne nouvelle à un autre domestique et revint vite fait au chevet de sa maîtresse.

— C'est signe que vous allez mieux, vous reprenez déjà des couleurs. Buvez encore.

Quelques instants plus tard, le marchand fit irruption dans la pièce, essoufflé d'avoir couru. Visiblement soulagé de voir sa femme consciente, il se précipita vers elle.

— Ma mie, je suis si heureux de vous voir éveillée! Dès que j'ai été informé de votre malheur, j'ai fait chercher mon médecin personnel, mais cet incapable n'a rien pu faire pour vous tirer de votre sommeil.

— Ne vous inquiétez plus maintenant. À part ma tête qui me fait souffrir, je vais bien.

— Au moins l'homme a-t-il eu la présence d'esprit de bander votre tête. Votre vilaine entaille vous a fait perdre beaucoup de sang.

Le marchand s'interrompit, car une servante entrait déjà avec un plateau à l'intention de la malade.

— J'ai demandé aux cuisines de vous apporter un bouillon de poule qui vous redonnera des forces. Vous savez, mon fils s'ennuie de vous; il ne pourrait se passer de votre présence trop longtemps, vous êtes sa mère après tout.

Brusquement, Louis se tourna vers Roseline.

— Mais qu'attendez-vous, fainéante? Pensez-vous que votre maîtresse se nourrira seule dans son état? Aidez-la! gronda-t-il.

— Bien maître, désolée maître, bredouilla la petite domestique, le cœur palpitant et les mains tremblantes.

Roseline s'agenouilla près du lit et aida Ysabeau à manger tranquillement son bouillon. Son mari s'assit près d'elle, et la laissa avaler quelques gorgées avant de reprendre la parole.

— Votre dame de compagnie m'a raconté de quelle manière était survenu votre « accident ».

Ysabeau jeta un regard furtif à Roseline qui baissa aussitôt les yeux.

— Sachez que cette femme ne vous importunera plus, continua-t-il, j'ai pris des mesures pour ce faire. Maintenant, je vous laisse, vous devez vous reposer.

Et il quitta la chambre aussi rapidement qu'il y était entré, en claquant la porte derrière lui. La malade sursauta. « Quelle délicatesse! », pensa-t-elle en fermant quelques instants les paupières.

La faim passée, Ysabeau repoussa le bol de bouillon encore à moitié plein. Roseline, visiblement mal à son aise, le redéposa sur le plateau, en évitant de croiser le regard de sa maîtresse.

— Je suis vraiment désolée, madame. Je n'ai pas eu le choix. Après tout, votre mari aurait bien fini par le savoir d'une manière ou d'une autre.

— Il n'a jamais su pour la vieille Jeanne! Tu me déçois, Roseline. Que penses-tu qu'il soit arrivé à cette pauvre femme? Je commence à connaître mon mari et je serais étonnée qu'il ait seulement parlé à la veuve Bredot. J'ose à peine imaginer...

Ysabeau se cala dans son lit et se prit la tête à deux mains. Son cœur battait sous ses tempes comme un tambour et ses idées s'embrouillaient. La pièce tourna autour d'elle et elle s'assoupit.

La convalescence de la jeune femme dura deux semaines, durant lesquelles elle dormit beaucoup. Hormis les anecdotes de Roseline, ses seules distractions étaient les courtes visites de son mari et de son fils; les secondes combien plus agréables que les premières! Grâce à ses gazouillements et à ses sourires, ce fut Thiery qui motiva sa mère à reprendre des forces.

Tous les jours, allongée dans son grand lit moelleux, Ysabeau pensait à la veuve Bredot et à ses enfants. La richesse insolente dans laquelle sa petite famille vivait faisait insulte à tous les opprimés de Cambron, comme Flore Bredot. Pourquoi la vie avait-elle permis à son mari d'amasser une telle fortune, lui, un homme cupide au cœur froid et dur?

À cause de sa convalescence, Ysabeau ne sut jamais quel sort le marchand avait réservé à la veuve. Même Roseline, à qui elle avait demandé d'aller aux nouvelles, ne put en apprendre davantage. On aurait dit que la femme avait tout simplement... disparu!

Chapitre 11

Torture du corps et de l'âme

Recluse dans sa chambre pendant ces semaines de rétablissement, Ysabeau tourna et retourna toutes sortes de pensées dans son esprit.

Comment pouvait-elle intervenir dans les méthodes de son époux? Comment pouvait-elle lui ouvrir les yeux pour qu'il se rende enfin compte de l'enfer que subissait le peuple du bourg?

Comme une bonne chrétienne, elle devait tenter de ramener la brebis égarée au bercail, même si son mari ressemblait davantage à un loup. Qu'à cela ne tienne, elle se dit qu'il était de son devoir de l'aider. D'ailleurs, qui d'autre en aurait eu le courage? À moins que...

Un éclair de génie frappa Ysabeau. «Mais bien sûr! Pourquoi n'y ai-je pas songé avant?» Sans plus attendre, elle enfila un surcot et prit dans son coffret de cuir le plus beau bijou qu'elle possédât, une magnifique bague en or sertie d'un rubis et de perles qui valait bien le salaire d'une année pour un foulon ou un tisserand, puis elle dévala les escaliers. Roseline, qui la vit passer en trombe, n'eut même pas le temps de lui demander où elle se rendait qu'Ysabeau était déjà loin.

Pour l'avoir parcourue maintes fois depuis ses deux ans de mariage, Ysabeau se retrouva sans peine dans la ville en mouvement. Pas un instant, elle n'hésita dans les petites ruelles sombres, sa détermination prenant le dessus sur sa timidité habituelle.

La maison n'avait pas changé. La porte lui paraissait toujours aussi étroite et le bois tout aussi rongé par le temps. Comme la première fois, elle n'eut pas à cogner; la vieille Jeanne lui ouvrit immédiatement, une lueur pénétrante dans ses yeux.

— Je savais qu'une personne viendrait

me voir aujourd'hui, mais je ne pensais pas que ce serait vous. Vous êtes bien hardie de sortir seule ainsi.

Agitée, Ysabeau entra dans l'antre de la sorcière, tout aussi impressionnée que la première fois par l'atmosphère mystérieuse que dégageait la pièce.

— Auriez-vous de nouveau besoin de mes services? La mandragore n'a-t-elle pas été efficace? Ça m'étonnerait fort.

— Si, si, j'ai mis au monde un fils qui est en pleine santé. Je ne saurai jamais trop vous remercier d'avoir rendu sa naissance possible.

— Eh bien, je suis très heureuse de l'apprendre. Il est si rare qu'on vienne me remercier. Souvent, lorsque des femmes comme vous me croisent dans la rue, elles m'ignorent. C'est ça la rançon de la gloire quand on fait mon métier! déplora la vieille femme en se dirigeant vers l'âtre.

Tranquillement, elle versa dans un godet de bois une louche de liquide qui fumait dans une marmite, et s'assit sur un petit tabouret pour boire l'étrange breuvage en en appréciant chaque gorgée.

Une odeur doucereuse et fruitée s'en exhalait et enveloppait toute la pièce. Ysabeau, toujours debout, prit soudain conscience de l'endroit où elle se trouvait et des risques qu'elle avait courus pour venir quérir l'aide de Jeanne. Mais ici, curieusement, elle se sentait en sécurité et, pendant qu'elle dévisageait la vieille discrètement, elle conclut que celle-ci ressemblait toujours autant à sa mère.

— Alors, poursuivit la femme, pourquoi êtes-vous là? Vous êtes bien énigmatique. Vous ne venez pas pour la mandragore cette fois, n'est-ce pas?

— Non, je viens encore vous demander l'impossible, mais c'est à propos d'autre chose. Connaissez-vous mon mari? Je veux dire, vous en avez certainement déjà entendu parler?

La sorcière rit en silence, découvrant une dentition étonnamment blanche.

— Qui ne connaît pas l'Ogre dans cette ville? Que dis-je, dans ce pays! L'histoire même s'en souviendra. Mais si vous voulez le savoir, je n'ai jamais eu le malheur de croiser sa route. Une chance pour moi!

— Oui... C'est à cause de lui que je suis venue vous trouver. Mon mari est un ogre, un être cruel, j'en suis maintenant consciente. Vous devez bien avoir une potion, un philtre qui émousserait les dents acérées de son caractère. Je ne peux continuer à vivre dans l'ombre du diable.

— Hum, fit Jeanne, songeuse.

Elle se leva et considéra minutieusement la multitude de flacons disposés au mur sur une petite tablette branlante. Elle en ouvrit quelques-uns pour les sentir, goûta du bout du doigt au contenu de l'un, en soupesa d'autres, puis revint se rasseoir.

— Je pourrais tenter une mixture à base de belladonna, d'hypericum et de vervena. En y ajoutant deux ou trois autres ingrédients de ma connaissance, cela pourrait produire l'effet voulu.

Elle posa ses yeux ardents sur Ysabeau et lui dit :

— Je peux bien essayer de vous préparer quelque chose, mais sans rien vous promettre, car le cœur de votre mari est corrompu depuis très longtemps. Il va me falloir des ingrédients de qualité. Les plantes les plus puissantes sont celles cueillies le jour de la Saint-Jean, à l'angélus du midi. Il m'en reste encore de l'été dernier. Mais ces herbes valent leur pesant d'or et il faut payer pour avoir de la qualité.

— Je vous paierai le prix qu'il faut! Cette bague fera-t-elle l'affaire? demanda Ysabeau en retirant le précieux bijou de son corsage.

Sortie de sa cachette, la pierre étincelait et jetait des scintillements dans la pièce, rivalisant d'éclat avec le feu qui brûlait dans la cheminée. Un peu soupçonneuse, Jeanne se saisit de la bague et la contempla, la faisant tourner entre ses doigts. Elle s'approcha de la porte entrouverte pour mieux l'examiner dans le jour qui entrait timidement.

— Elle n'est pas sans valeur. Vous tenez vraiment à changer votre mari!

— Oui, je tente le tout pour le tout!

— C'est entendu. Envoyez-moi votre femme de confiance demain matin à l'aube. J'aurai votre potion.

— Merci de tout cœur! J'ai enfin l'espoir d'une vie meilleure pour mon fils et moi, soupira Ysabeau.

— N'oubliez pas, je ne vous garantis rien. Mais retrouvez le sourire, je ferai tout ce que je peux pour adoucir l'âme de votre mari. Allez, rentrez chez vous avant qu'on ne s'inquiète de votre absence.

Ysabeau quitta la vieille femme à regret. D'un pas empressé, elle réemprunta les sombres ruelles, impatiente de retrouver la quiétude et la sécurité de sa demeure. À son retour, Roseline, fort agitée, se rongeait les sangs à l'attendre.

— Dieu soit loué, vous n'avez rien! J'ai eu si peur! Vous ne devriez pas sortir seule, si votre mari en était informé, il entrerait dans une terrible colère.

— N'aie crainte, je sais ce que je fais, répondit Ysabeau avec un calme déroutant.

Elle voyait enfin poindre la lumière après des mois de noirceur et de morosité, et l'issue de ses démarches ne faisait aucun doute dans son esprit. La sorcière pouvait faire des miracles, son petit Thiery en était la preuve vivante.

— Pendant votre absence, il vous a fait chercher, débita la petite servante. Je ne savais pas quoi inventer pour ne pas éveiller ses soupçons. Finalement, je lui ai fait dire que vous aviez accompagné la cuisinière au marché. Je l'ai avertie, elle vous couvrira en cas de besoin.

— Merci, Roseline. Si tout se déroule comme je l'ai prévu, avant longtemps, bien des choses auront changé ici, annonça Ysabeau en baissant la voix.

Et elle confia à sa seule amie, à l'abri des oreilles indiscrètes, le but de son escapade. La main devant la bouche, Roseline écoutait sa maîtresse, étonnée qu'elle fût capable d'une telle chose.

— Comme vous êtes courageuse d'être allée seule chez la sorcière! À votre place, je n'aurais jamais osé, cette femme me donne froid dans le dos.

— Je la trouve en effet un peu étrange, mais elle ne m'indispose pas autant que mon mari. Après tout, je n'ai plus rien à perdre!

La nuit d'Ysabeau fut fort agitée. Elle ne pouvait s'empêcher de penser au lendemain. Et si ses efforts avaient été vains et que son plan échouait? Lorsque le soleil se leva, elle soupira de soulagement: enfin sa vie allait se transformer.

Roseline quitta l'hôtel discrètement sous l'œil attentif de sa maîtresse. Encore nerveuse et agitée, Ysabeau descendit à la salle à manger pour déjeuner.

Comme elle s'apprêtait à mordre dans un abricot, son mari entra en trombe dans la pièce. Surprise, car d'habitude il mangeait en travaillant, elle se leva pour lui souhaiter bon matin, mais pour toute réponse il déposa brusquement une bague sur la table. Sa bague! Celle-là même qu'elle avait offerte à la sorcière en échange de la potion que Roseline était partie quérir en ce moment même.

Ysabeau sentit des larmes de honte et de désespoir lui brûler les yeux sans qu'elle puisse les retenir. Elle ne savait pas comment la bague avait abouti entre les mains de son mari, mais le pire se dessinait déjà dans ses pensées. « Il sait tout. Il me tuera, il me tuera, j'en suis sûre! »

Le marchand ne porta tout d'abord pas attention aux pleurs de sa jeune épouse. Sans hâte, il commença à manger et lorsqu'il eut englouti la moitié de son déjeuner, il daigna lui parler, comme s'il voulait étirer ses tourments et sa souffrance.

— Ma mie, cessez vos enfantillages, grogna Louis. Vous m'avez menti, mais ce n'est pas une raison pour brailler comme un nouveau-né. Je déteste la faiblesse et vous le savez. Ressaisissez-vous!

— Je peux vous expliquer, tenta de dire Ysabeau entre deux sanglots.

— Ce n'est pas la peine. Je suis au courant de tout. Mais vous voulez certainement savoir comment j'ai retrouvé votre bague. La voleuse s'est mise elle-même dans le pétrin, l'idiote.

Ysabeau s'arrêta net de pleurer. Avait-elle bien entendu? De quelle voleuse parlait-il?

— Imaginez-vous donc que cette femme a essayé de vendre votre bague à un marchand de ma connaissance. Par un curieux hasard, c'est justement l'homme qui m'a vendu le bijou deux ans plus tôt. Il l'a reconnu sur-le-champ, vous pensez bien; on se souvient d'un objet de la sorte. La voleuse s'est fait prendre la main dans le sac.

— Mais de quelle femme parlez-vous donc? demanda Ysabeau, confuse.

— Elle se fait appeler Jeanne la sorcière. C'est une canaille de la pire espèce. Elle aura certainement volé votre bague hier au marché, lorsque vous avez accompagné la cuisinière. Ces rapaces connaissent vraiment toutes les ruses pour vous dérober vos biens!

La jeune femme fronça les sourcils, incertaine de comprendre ce que Louis racontait. Mais oui! Roseline avait dit à son mari qu'elle était allée au marché la veille, alors il n'était au courant de rien. Ainsi, il croyait qu'elle s'était bêtement fait voler la bague et ignorait tout de sa visite chez la sorcière.

Mais son visage s'assombrit tout à coup. Et si Jeanne avait parlé?

— Et cette... femme, qu'a-t-elle dit... pour sa défense?

— Elle a avoué qu'elle vous avait bousculée pour s'emparer plus facilement du bijou. Il n'a pas fallu longtemps pour qu'elle avoue, la sotte. En fait, ses geôliers n'ont pas été très tendres avec elle.

« Pauvre Jeanne, pensa Ysabeau avec tristesse. Elle n'a rien dit, elle m'a protégée. Mais pourquoi et à quel prix? Que va-t-il lui arriver maintenant? Dire que toute cette histoire est de ma faute. Comme je m'en veux. » Ses pensées défilaient à une vitesse fulgurante. Comment pouvait-elle aider la sorcière à se tirer de ce mauvais pas sans se compromettre elle-même?

— Son supplice a été beaucoup trop court, continua le marchand sur un ton méchant. C'est regrettable, j'aurais bien aimé la voir se tortiller de douleur encore un peu, dit-il, les yeux luisants de malfaisance, c'était un spectacle savoureux.

— Pourquoi? A-t-elle déjà été relâchée? demanda Ysabeau pleine d'espoir.

— Bigre, non! La vieille folle s'est donné la mort avec des herbes qu'elle avait dans sa besace. Les ânes qui l'ont arrêtée lui avaient laissé son sac à malices, imaginez. Quels niais! Enfin, elle a eu ce qu'elle méritait.

Ysabeau écarquilla les yeux. Morte... Jeanne était morte! Comme elle se sentait coupable. De peine et de misère, elle termina son repas et se leva de table.

— La prochaine fois, laissa tomber son mari au moment où elle passait la porte, s'il vous arrive de vous faire dérober quelque chose, ne me le cachez pas. Je prendrai tous les moyens à ma disposition pour que justice vous soit rendue.

«Je n'en doute pas un instant», pensa tristement Ysabeau en regagnant sa chambre. Quelques minutes plus tard, Roseline, qui revenait tout juste de sa course, vint la trouver, les mains vides forcément.

— Ma maîtresse, la sorcière n'y était pas. J'ai essayé de parler aux voisins, mais personne n'a voulu m'aider.

— Je sais, Roseline, je sais. Jeanne est morte. Laisse-moi maintenant, j'ai besoin d'être seule, fit Ysabeau, lasse.

— Mais, je ne comprends pas...

— Laisse-moi, coupa-t-elle. Je t'en reparlerai plus tard. Pour l'instant, j'en suis incapable.

— Bien, ma maîtresse, dit la servante à regret en se retirant.

Qu'aurait pu dire Roseline pour la

réconforter quand aucun mot ne pouvait panser ses blessures? La jeune femme avait l'impression de semer le malheur et la mort autour d'elle par l'entremise de son ogre de mari.

Jeanne avait donné sa vie pour la sauver, elle, tout comme sa mère s'était sacrifiée en accouchant. Une fois de plus, la ressemblance entre les deux femmes frappa Ysabeau. Dire qu'elles se connaissaient à peine. Mais pourquoi? Cette femme pensait-elle Ysabeau capable de venir seule à bout de la cruauté de Louis Le Grand?

Elle avait pourtant aussi peu de pouvoir qu'une fourmi face à cet être diabolique, comme toutes les femmes de ce monde, d'ailleurs. La responsabilité de la mort de Jeanne l'étouffait. Comment pouvait-elle donner un sens à sa vie dorénavant? «Suis-je maudite? Je ne veux pourtant que le bonheur de mon fils et le mien, est-ce trop demander?»

Chapitre 12
Désillusion

Dans les jours qui suivirent, une certitude s'installa dans l'esprit d'Ysabeau : Louis Le Grand était assurément l'un des hommes les plus cruels que la terre ait portés et elle le détestait au plus profond de son âme.

Le marchand lui répugnait comme une charogne malodorante et infestée, et quoi qu'elle tentât de faire, elle était maintenant convaincue qu'il ne changerait pas. Il était corrompu depuis si longtemps par l'argent et le pouvoir qu'on aurait pu croire que même ses langes d'enfant avaient été cousus d'or!

Vivre le reste de ses jours aux côtés de cet odieux personnage sans rien pouvoir changer à son ignominie apparaissait à Ysabeau comme le pire des sorts. Comble de malheur, ce monstre était le père de son enfant, un enfant qu'il éduquerait à sa manière et à qui il transmettrait ses valeurs et ses sentiments abjects.

Vint donc ce jour où, devant le constat de son impasse, Ysabeau se sentit dévastée par un raz-de-marée qui submergea son cœur. La douce Ysabeau, si douce et sensible, était incapable de vivre seule avec tout ce poids sur les épaules.

Elle enfila sa cape d'agneau et prit le chemin de la cathédrale pour trouver du réconfort auprès de Dieu et de ses saints. Un besoin inexplicable l'habitait, celui de prier dans d'autres lieux le seul Être qui pouvait encore l'aider, car il n'y avait maintenant plus que Dieu pour apaiser ses tourments et son désarroi.

Les rues bruyantes et bondées de la ville où la femme du marchand redevenait la simple Ysabeau la revigorèrent et elle se sentit déjà un peu plus vivante. Elle avait l'impression de se défaire du joug de son mari, de recouvrer sa liberté. Le soleil de septembre caressait son visage, la réchauffait comme pour lui dire «Tu n'es pas seule, je veille sur toi, ma bien-aimée fille de la campagne».

La cathédrale de Cambron avait la chance de posséder plusieurs reliques, un morceau de la chemise du Christ et une parcelle de la vraie croix, entre autres, ce qui remplissait l'évêque de fierté. Louis Le Grand avait donné beaucoup d'argent quelques années auparavant pour terminer la construction de l'église, qui avait duré près d'un siècle.

Chemin faisant, elle se demanda s'il n'avait pas fait ces dons à l'Église dans l'unique but de se faire pardonner de Dieu et d'effacer ses remords, si remords il avait. Ce n'était pas les raisons qui manquaient à Louis d'avoir mauvaise conscience.

Comme Ysabeau arrivait devant l'imposante construction, les cloches sonnèrent none, résonnant partout dans la ville et même au-delà des remparts. Elles rythmaient la vie des gens, sonnant le lever et le coucher, ou le milieu de l'après-midi, comme c'était justement le cas à cet intant.

Ayant toujours préféré la chapelle de sa demeure, infiniment plus calme et plus intime, la jeune femme pénétra dans la cathédrale pour la première fois.

À peine en avait-elle franchi le portail qu'elle fut troublée par l'immensité de la nef et la splendeur des lieux. Une statue de Marie, la mère du Christ, l'accueillit, toute jeune et souriante, portant son bébé dans ses bras, drapée d'une longue robe ondoyante. La cathédrale portait le nom de Notre-Dame pour honorer la pureté et la bienveillance de la Vierge, elle, mère de tous les hommes, bons et moins bons.

Ysabeau toucha la statue et essaya de s'emplir de la tendresse de cette sainte qui avait sacrifié son fils pour l'humanité; elle pensa y puiser la force de pardonner à son mari tous ses péchés.

Puis elle s'avança au milieu des gens qui parlaient haut et fort, au milieu des pèlerins et des mendiants, des voyageurs et des étudiants. Agenouillée devant le fragment de chemise du Christ, elle pria avec ferveur des heures durant, implorant le Seigneur de l'exaucer. Il était impossible que Dieu puisse accepter qu'un homme torture, escroque les gens et en abuse comme son mari le faisait si impunément. Seul le Seigneur éternel pouvait l'arrêter.

«Mon Père, animez son cœur d'amour, inondez-le de miséricorde, éveillez en lui des sentiments purs et bons. Faites de lui un homme et non un démon. Revivifiez son âme afin qu'il aime et chérisse son fils comme tout père doit le faire. Rendez à Cambron un peu de sa dignité.»

Même après plusieurs heures de prières, la rancune et le ressentiment habitaient encore le cœur d'Ysabeau et elle pensa que Dieu avait failli à son devoir. Peut-être ne voulait-il rien faire pour l'aider, elle une femme. Peut-être que Dieu lui-même était impuissant. Comment le savoir?

Déçue au plus profond de son être, elle se releva, les genoux endoloris et le dos courbaturé. Le serment qu'elle s'était fait autrefois lui revint en mémoire. «Je m'étais juré d'être une épouse exemplaire, dévouée et soumise. Je voulais que mon père soit fier de moi.»

Comment tenir cette promesse un jour de plus? Son cœur de femme, tendre et fragile, n'acceptait plus une vie de mensonge et d'hypocrisie. «Je me dois d'agir avant tout pour mon fils.»

Et la lassitude qu'elle ressentait depuis si longtemps se changea soudain en fureur. Elle résolut d'aller voir son mari sur-le-champ et de lui dire, une fois pour toutes, qu'elle trouvait son comportement révoltant et déshonorant. Qu'elle refusait de vivre dans l'ombre du démon.

Ses sentiments ne pouvaient plus être refoulés, il fallait qu'elle les crie, les hurle. Que son mari sache que l'argent qu'il avait donné à l'Église ne rachèterait jamais tous les péchés qu'il avait commis à l'égard des pauvres gens.

La distance entre la cathédrale et sa demeure lui parut étonnamment plus courte au retour. Déjà, elle montait les escaliers de l'hôtel et, sans prendre la peine d'enlever sa cape, fonça trouver Louis tant l'urgence de régler ses comptes était vive. C'était maintenant ou jamais. Décidée à dire ses quatre vérités à son ogre de mari, elle poussa la porte du parloir sans frapper... mais elle n'en eut point l'occasion.

Au moment où elle faisait irruption dans la pièce, un homme se retourna, un couteau sanglant à la main. Il fallut un bref instant à la jeune femme pour prendre conscience du drame qui s'était joué à l'instant. De toute évidence, ses yeux ne la trompaient pas: le cordonnier venait de poignarder Louis Le Grand. Dans un bruit sourd, le tyran s'écroula mollement sur le sol.

Les yeux révulsés, l'Ogre gisait maintenant de tout son long dans une flaque de sang noir comme l'enfer. Le cordonnier, le couteau toujours à la main, regarda la jeune femme, à la fois surpris de sa détermination et soulagé que ce fut fini. Ysabeau trembla un instant, s'imaginant être la prochaine victime, mais elle sentit le regard implorant du cordonnier et se ressaisit aussitôt.

Elle ouvrit la porte plus grand et fit signe à l'artisan de s'enfuir. Avant de disparaître dans le couloir, il posa une main moite et rugueuse sur la main d'Ysabeau qui tenait encore la porte, et lui souffla «Que Dieu vous garde!», avec un regard d'absolue reconnaissance.

Était-ce le coup de l'émotion ou les yeux du cordonnier ressemblaient-ils à ceux de Benoît?

Ysabeau se laissa glisser par terre pour

reprendre sa respiration, portant la main à sa poitrine, à l'endroit même où le couteau avait transpercé plusieurs fois son mari. Puis, sans émotion, elle regarda le cadavre de Louis à quelques pas d'elle. C'était la première fois qu'elle en voyait un d'aussi près et, pourtant, elle restait impassible. C'en était fini du règne de terreur de Louis Le Grand.

Dans quelques minutes, elle se mettrait à crier, dirait qu'elle avait découvert son mari gisant, dans le parloir. On ne retrouverait jamais l'arme du crime, ni l'assassin. Personne ne le pleurerait, personne ne prendrait la peine de se poser des questions sur cette affaire.

Peut-être brûlerait-elle en enfer pour avoir tu la vérité, qui pouvait le dire? Elle ne parlerait du meurtre à personne, pas même à Roseline. Ce serait son secret. Après tout, peut-être était-ce Dieu lui-même qui avait intercédé en sa faveur? Le jour venu, elle réglerait bien ses comptes avec saint Pierre.

En attendant, Ysabeau consacrerait sa vie aux pauvres gens de Cambron pour réparer les cruautés que son mari leur avait fait subir.

Pendant les quelques instants de calme qui lui restaient avant de donner l'alarme, elle pensa à ce qu'elle ferait d'abord : retrouver la veuve Bredot, en espérant qu'elle soit toujours en vie, et s'occuper de ses enfants, dédommager Raoul le teinturier, de même que le barbier, sans oublier tous les habitants de Cambron dont elle ignorait encore les malheurs.

Mais plus important encore, Thiery serait élevé dans le respect de son prochain et dans l'honnêteté, et il ne suivrait jamais les traces de son père. Ysabeau le jura.

Et toi, qu'aurais-tu fait à la place d'Ysabeau?

Assoiffé d'argent au mépris des êtres humains, Louis Le Grand inspire la répulsion. Si Ysabeau avait épousé un tel tyran dans notre société moderne, elle l'aurait sans doute quitté, mais au XIIIe siècle, une femme disposait de bien peu de droits et d'autonomie.

Malgré l'antipathie que l'on peut ressentir pour le marchand, on comprend que le geste du cordonnier demeure un crime. Toi, qu'aurais-tu fait à la place d'Ysabeau? Crois-tu qu'elle puisse réparer les torts causés par son sinistre mari?

Le bien et le mal, l'amour et la haine... les grands moteurs du monde! L'être humain se promène entre ces deux pôles toute sa vie, alors il n'est donc pas étonnant que les auteurs trouvent matière à roman!

Amuse-toi à décoder du vieux français

Es-tu capable de déchiffrer ce texte de Chrétien de Troyes, un poète et romancier français du XIIe siècle? Amuse-toi à essayer! Tu découvriras une traduction en français moderne à la page 160.

Toz iorz dras de soie tistrons

Ne ia n'an serons miauz uestues

Toz iors serons poures et nues

& toz iorz fain & soif aurons

Il tant gaeignier ne saurons,

Que miauz an aiiens a mangier.

Del pain auons a grant dangier

Au main petit & au soir mains

Que ia de l'ueure de noz mains

N'aura chascune por son uiure

Que quatre deniers de la liure.

& de ce ne poons nos pas

Assez auoir uiande & dras.

S'est riches de nostre deserte

Cil por cui nos nos traueillons.

Si j'avais voulu coller davantage à la réalité du roman, étant donné la région où se déroule l'histoire d'Ysabeau, c'est-à-dire la Flandre, j'aurais écrit les dialogues en picard, un dialecte. Les lecteurs me pardonneront certainement de ne pas l'avoir fait.

À l'époque d'Ysabeau, on parlait plusieurs dialectes en France, selon les régions. Ces formes de la langue se divisaient en deux grandes branches, la langue d'oïl au Nord (francien, picard, normand et wallon) et la langue d'oc au Sud (provençal, gascon et limousin).

Vers le XIIIe siècle, le francien, le dialecte parlé par les rois de France, domina de plus en plus et se répandit à travers le pays. Ce francien, qui représente pour nous l'ancien français, descendait principalement du latin. Ce n'est qu'au XXe siècle, avec l'avènement de l'instruction obligatoire, que tous les Français se sont finalement mis à parler français!

S. R.

Traduction du texte de Chrétien de Troyes

Toujours les draps de soie nous tisserons
Et jamais nous n'en serons mieux vêtues;
Toujours nous serons pauvres et nues
Et toujours faim et soif nous aurons.
Jamais tant gagner nous ne pourrons
Que mieux nous en ayons à manger.
Du pain nous avons grand peine,
Le matin peu et le soir moins;
Car de l'ouvrage de nos mains
Chacune n'aura pour son vivre
Que quatre deniers pour la livre
* [de marchandise travaillée];*
Et avec cela nous ne pouvons pas
Avoir assez de nourriture et d'étoffe.
Et nous sommes en grande pauvreté
Alors qu'est riche du produit de notre travail
Celui pour qui nous, nous nous donnons du mal.

Texte d'après Chrétien de Troyes, *Poésies choisies*, par Gustave Cohen, Classiques Larousse, p. 75-76, cité dans *Histoire d'une langue : Le français,* par Marcel Cohen, Éditions sociales, Paris, 1973, p. 134-135.

Lexique

amulette	objet que l'on conserve sur soi pour se préserver du malheur et des maladies.
angélus	son de cloche qui annonce la prière.
arbalète	arme en forme d'arc.
âtre	cheminée.
barde	poète.
bourg	ville.
bourgeois(e)	habitant(e) d'un bourg appartenant à la classe sociale dominante.
braies	sorte de pantalon ample.
branle	danse en ronde.
carême	période de 40 jours qui précède la fête de Pâques.
cataplasme	préparation pâteuse composée d'ingrédients médicinaux.
cellier	lieu où l'on conserve le vin et les provisions.
ciel de lit	ouvrage de tissu ou de rideaux au-dessus d'un lit.
clerc	employé instruit.
chausses	chaussures.
couche	lit.
courtine	rideau de lit.
délivrance	accouchement.
denier	ancienne monnaie française.
desserte	dessert.
dot	biens qu'une femme apporte au ménage en se mariant.
échevin	magistrat municipal élu par les bourgeois de la ville.
en couches	accouchement, le fait d'accoucher.

étal	table où sont exposées les marchandises dans les marchés publics ou sur les rues.
fermail	agrafe, fermoir.
flan siennois	flan à base d'œufs, d'amandes et de fromage frais.
foulon	artisan qui compresse du tissu dans des cylindres métalliques pour l'écraser et en resserrer les fibres.
godet	petit récipient pour boire qui n'a ni pied ni anse.
grosse	enceinte.
guet	garde chargé de surveiller les portes d'une ville.
harenger	personne qui vend des poissons.
heaumier	fabricant de heaumes (casques) et plus généralement d'armes.
hôtel	demeure citadine d'un grand seigneur ou d'un riche particulier.
latrines	cabinet de toilette.
litanie	plainte répétée.
menstrues	menstruation, règles.
mie	amie, femme aimée.
moniale	religieuse.
moult	beaucoup.
obole	ancienne monnaie française de peu de valeur.
occire	tuer.
office	pièce située à côté de la cuisine où l'on prépare le service de la table.
palefrenier	ouvrier chargé de soigner les chevaux.
patricien	personne riche qui a de l'autorité.
péché mortel	faute aux commandements de Dieu condamnant à l'enfer.
péché véniel	faute aux commandements de Dieu donnant droit au pardon.

pèlerin	personne qui visite un lieu saint pour des motifs religieux.
pelletier	personne qui achète des peaux et des fourrures, les prépare et les vend.
poulaine	chaussure pointue de velours ou de cuir.
pourpoint	vêtement d'homme qui couvre le torse jusqu'au-dessous de la ceinture et qui est lacé devant ou derrière.
procession	cortège religieux où l'on chante et l'on prie.
pucelle	femme vierge.
reliques	fragment du corps d'un saint ou objets lui ayant appartenu, auxquels on donne un caractère sacré.
rôt	rôti.
saignée	évacuation de sang que l'on provoquait pour soulager un malade.
surcot	vêtement à enfiler par-dessus la cotte (ou la robe), sans manches ou avec demi-manches.
tisserand	ouvrier qui fabrique des tissus sur un métier à tisser.
torchis	mélange de terre argileuse, de paille ou de foin servant à lier les pierres d'un mur.
tranchoir	tranche de pain servant d'assiette.
ventrière	sage-femme.
vielle	instrument de musique à cordes.

Les fêtes	**Sainte-Madeleine :** 20 juillet
	Jour de l'Assomption : 15 août
	Saint-Martin : 11 novembre
	Saint-Nicolas : 6 décembre

Bibliographie

ARIÈS, Philippe, Georges DUBY, et coll. *Histoire de la vie privée 2: De l'Europe féodale à la Renaissance*, Paris, Éditions du Seuil, 1999, 653 p., coll. «Points-Histoire».

BARTHÉLÉMY, Dominique. *L'ordre seigneurial*, Paris, Éditions du Seuil, 1990, 318 p., coll. «Points-histoire».

BEAULIEU, Michèle. *Le costume antique et médiéval*, Paris, Presses universitaires de France, 1974, 126 p., coll. «Que sais-je?».

BLAIS, Martin. *Sacré Moyen Âge!,* Montréal, Éditions Fidès, 1997, 225 p.

COHEN, Marcel. *Histoire d'une langue : Le français*, Paris, Éditions Sociales, 1973, 513 p.

Collectif. *Vivre au Moyen Âge*, Paris, Éditions Tallandier, 1998, 191 p.

D'HAUCOURT, Geneviève. *La vie au Moyen Âge*, Paris, Presses universitaires de France, 1957, 126 p., coll. «Que sais-je?».

DELORT, Robert. *La vie au Moyen Âge*, Paris, Éditions du Seuil, 1982, 301 p., coll. «Points-histoire».

DELORT, Robert. *Le Moyen Âge: Histoire illustrée de la vie quotidienne*, Lausanne, Éditions Édita, 1972, 340 p.

DUBY, Georges, Michelle PERROT, et coll. *Histoire des femmes en Occident: Le Moyen Âge*, Paris, Plon, 1990, 567 p.

ERLANDE-BRANDENBURG, Alain. *Quand les cathédrales étaient peintes*, Paris, Gallimard, 1993, 176 p., coll. «Découverte Gallimard».

ESPINAS, Georges. *Le droit économique et social d'une petite ville artésienne à la fin du Moyen Âge*, Lille (France), E. Raoust, 1949, 281 p.

FAVIER, Jean. *De l'or et des épices: Naissance de l'homme d'affaires au Moyen Âge*, Paris, Fayard, 1987, 481 p.

GIMPEL, Jean. *La révolution industrielle du Moyen Âge*, Paris, Éditions du Seuil, 1975, 244 p., coll. «Points-histoire».

JEHEL, Georges, et Philippe RACINET. *La ville médiévale de l'Occident chrétien à l'Orient musulman (V^e-XVe siècles)*, Paris, Armand Colin, 1996, 494 p.

LAGARDE, André, et Laurent MICHARD. *Moyen Âge: Les grands auteurs français du programme*, Paris, Éditions Bordas, 1968, 242 p.

LAURIOUX, Bruno. *Le Moyen Âge à table*, Paris, Éditions Adam Biro, 1989, 154 p.

LE GOFF, Jacques. *Marchands et banquiers du Moyen Âge*, Paris, Presses universitaires de France, 1993, 128 p., coll. «Que sais-je?».

LETT, Didier. *Famille et parenté dans l'Occident médiéval, V-XVe siècles*, Paris, Hachette, 2000, 255 p., coll. «Carré Histoire».

LETT, Didier. *L'enfant des miracles*, Paris, Aubier, 1997, 396 p., coll. «Historique».

PERNOUD, Régine. *Histoire de la bourgeoisie en France, des origines aux temps modernes*, Paris, Éditions du Seuil, 1981, 397 p., coll. «Points-Histoire».

PERNOUD, Régine. *La femme au temps des cathédrales*, Paris, Éditions Stock, 1980, 377 p.

POLO DE BEAULIEU, Marie-Anne. *La France au Moyen Âge de l'An mil à la Peste noire (1348)*, Paris, Éditions Les Belles Lettres, 2002, 299 p., coll. «Guide Belles Lettres des Civilisations».

VERDON, Jean. *Boire au Moyen Âge*, Paris, Éditions Perrin, 2002, 313 p.

VERDON, Jean. *La femme au Moyen Âge*, Paris, Éditions Jean-Paul Gisserot, 1999, 125 p., coll. «Gisserot-Histoire».

VERDON, Jean. *La nuit au Moyen Âge*, Paris, Librairie académique Perrin, 1994, 286 p., coll. «Pluriel».

VERDON, Jean. *Le plaisir au Moyen Âge*, Paris, Librairie académique Perrin, 1996, 200 p., coll. «Pluriel».

Sites Web

L'Antre de Mélusine. *Le costume au Moyen Âge,* consulté en décembre 2003 sur le site <http://www.geocities.com/SoHo/Coffeehouse/6572/costume.html>.

J-B Histoire. *Histoire médiévale,* consulté en mars 2004 sur le site <http://perso.wanadoo.fr/j-b-histoire/histoire-medievale/his_medievale.html>.

Le Moyen Âge, consulté en juin 2002 sur le site <http://perso.club-internet.fr/helmous/Dossiers/MoyAge/Moyage.html>.

EVRARD, Marcel. *La vie de nos ancêtres,* consulté en août 2002 sur le site <http://users.skynet.be/maevrard/INTRObis.html>.

Sur les routes d'Avalon. *Vivre au Moyen Âge,* consulté en mars 2004 sur le site <http://lesroutesdavalon.free.fr/moyen/presentation.htm>.

Alteratio Realitatis Lyon. *Organiser un banquet médiéval,* consulté en mars 2004 sur le site <http://arlyon.online.fr/pratique/banquet.html>.

La banque d'images pédagogiques et de scénarios. *Le Moyen Âge,* consulté en mars 2004 sur le site <http://www.grics.qc.ca/bips/urb.htm>.

Centre de Développement en Art et Culture Médiévale. *La frappe de monnaie,* consulté en mars 2004 sur le site <http://cdacm.free.fr/artfrappe.html>.

BRASSAC, Esther. *Histoire du costume féminin au Moyen Âge,* consulté en décembre 2003 sur le site <http://www.art-esther-brassac.com/francais/themes/cost_ma1.html>.

LECLERC, Jacques. *Histoire du français,* consulté en mars 2004 sur le site <http://www.tlfq.ulaval.ca/axl/francophonie/HIST_FR_s3_Ancien-francais.htm>.

AUBÉ, Isabelle. *Le Moyen Âge!* consulté en juin 2002 sur le site <http://www3.sympatico.ca/isabelle.aube/>.

BOMBLAIN, Michel. *La vie quotidienne au Moyen Âge,* consulté en juin 2002 sur le site http://histoireenprimaire.free.fr/ressources/vie_quotidienne_au_moyen_age.htm>.

SDEN, Le site de l'Elfe Noir. *Vivre en ville au Moyen Âge,* consulté en juillet 2002 sur le site <http://www.sden.org/inspi/histoire/villesma.html>.

Ministère de la culture et des communications (République française). *Objets de la vie quotidienne,* consulté en juin 2002 sur le site <http://www.culture.fr/culture/medieval/francais/vqobj1.htm>.

Bibliothèque nationale de France. *Gastronomie médiévale,* consulté en août 2002 sur le site <http://expositions.bnf.fr/gastro/>.

Guédelon. *Les enfants au Moyen Âge,* consulté en août 2002 sur le site <http://www.guedelon.com/fr/ecole/enfants.php>.

Université de Fribourg. *Petite histoire de la maternité,* consulté en août 2002 sur le site <http://www.unifr.ch/spc/UF/00decembre/maternite.html>.

Atlasvista.info. *Histoire de la sexualité,* consulté en août 2002 sur le site <http://www.atlasvista.info/sections.php?op=printpage&artid=132>.

O Estado de S. Paulo. *Un repas au Moyen Âge,* consulté en août 2002 sur le site <http://www.estadao.com.br/ext/frances/cozinha3f.htm>.

LAPORTE, Gilles, et le Cégep du Vieux Montréal. *L'enfant et la famille au Moyen Âge,* consulté en août 2002 sur le site <http://www.cvm.qc.ca/glaporte/famille.htm>.

Écoute
ton jardinier intérieur

Au secondaire, je lisais et j'écrivais des histoires en cachette, en rêvant de publier mes romans un jour. À l'université, après avoir d'abord étudié en sciences, j'ai bifurqué en enseignement du français, et ce fut un coup de cœur! Enfin, je pouvais vivre mes passions au grand jour. J'ai commencé à écrire la première version du *Serment d'Ysabeau* dans le cadre d'un cours, et quatre ans plus tard, mon premier vrai roman a vu le jour.

L'éditeur m'a demandé de te dire quelques mots sur ce que représente l'écriture pour moi, car peut-être couves-tu aussi le projet d'écrire.

Je crois que l'écriture est un magnifique jardin de fleurs. Au début, une plate-bande vierge comme une page blanche. Tous les jours, on ratisse, on sème des mots, on rature. On puise au plus profond de soi des émotions alors insoupçonnées pour insuffler la vie à nos phrases et au récit qu'elles mettent en place. L'histoire-jardin prend des mois, parfois des années à se former.

Entre-temps, on a mille fois envie d'abandonner, de tout laisser tomber. Lorsque finalement – oh! merveille! – les fleurs s'ouvrent, les parfums se libèrent, les personnages s'animent et les actions s'enchaînent d'elles-mêmes, on peut s'étendre au soleil et savourer son œuvre.

Enfin, presque, car il faut travailler encore un peu à matérialiser le livre avec l'éditeur. C'est alors que, à moitié assommé par la béatitude et le labeur, on sent une nouvelle idée germer en nous... et on recommence avec la même fébrilité!

Tu as des observations à formuler sur mon roman ou tu veux simplement discuter avec moi? Voici mon adresse électronique:

MOHAMMED AZIZ

rondeausophie@hotmail.com

Achevé d'imprimer
pour Joey Cornu Éditeur
en octobre 2005
sur les presses de l'Imprimerie CRL Ltée
à Mascouche (Québec).